Ronny Rindler
Mörderische Nachbarschaft

HML-MEDIA
EDITION

Ronny Rindler

Mörderische Nachbarschaft

30 rasante Kurzkrimis

HML-MEDIA EDITION

von Michael
Weihnachten
2016

Bibliografische Information der Deutschen Nationalbibliothek:
Die Deutsche Nationalbibliothek verzeichnet diese Publikation in der Deutschen Nationalbibliografie; detaillierte bibliografische Daten sind im Internet über http://dnb.dnb.de abrufbar.

Impressum:
1.Print Auflage | April 2015

www.rindlerwahn.de
und Literarische Agentur HML-Media Nürnberg
Siemensstraße 47, D-90459 Nürnberg
www.hmlmedia.de
Cover©2015 Niklas-Philipp Gertl, Wien
www.ebook-illustration.de
Lektorat: Volker Maria Neumann, Köln
www.krimi-lektorat.de
Lizenzvergabe auf Anfrage.
Nachdruckdienst HML-Media Nürnberg

Auch als E-Book bei Kindle Amazon erhältlich!

Herstellung und Verlag: BoD - Books on Demand, Norderstedt

ISBN: 978-3-9783734784989

Inhaltsverzeichnis

Ein Vorwort - fast ein Krimi

Nürnberg Ende Juli 2011, morgens um halb acht. Das Telefon klingelt. Am Vorabend hatte ich lange gearbeitet. Daher war es für mich noch mitten in der Nacht. Ich hebe ab, melde mich schläfrig nuschelnd.

Bauer Verlag Hamburg! Ich sitze im Bett. Bauer Verlag. Ich weiß, man will etwas. Möglichst schnell, natürlich präzise, nahezu perfekt. Ich lausche: Einen Krimi für die Zeitschrift „Auf einen Blick“. Einen Heimatkrimi, spannend, regional, volkstümlich. Einen Kurzkrimi für jedermann. Zehntausend blutige Zeichen, sagt der Chefredakteur und fragt, ob die Agentur das machen kann. Klar können wir einen Krimi produzieren. Kein Problem.

Nein, nicht einen Krimi, sondern vier. Pro Woche, für jede Windrichtung einen, denn die Zeitschrift soll künftig in vier verschiedenen Ausgaben erscheinen. Nun muss ich schlucken. Vier Krimis in der Woche, das sind sechzehn Krimis im Monat. Die Zeitschrift erscheint mit einer Auflage von 1,2 Millionen Exemplaren und hat etwa 3 Millionen Leser. Man muss etwa drei Monate im Voraus planen - das bedeutet, schnellstens 48 Kurzkrimis zu produzieren.

Ich sage einfach ja. Und der Chefredakteur entscheidet, dass wir mit Heftnummer 36 beginnen. Also in knapp vier Wochen. In Gedanken klopfe ich mein Autorenteam ab. Ich habe gute Leute in der Agentur. Aber richtige Krimischreiber sind nicht dabei. Hellwach beginnt ein Telefonmarathon. Oliver Buslau fällt mir ein, ein sehr guter Autor, Herausgeber der Zeitschrift „TextArt-Magazin". Über Oliver komme ich an weitere Autoren. Innerhalb weniger Stunden beginnen sie mit ihrer Arbeit.

Für ein Projekt dieser Art und Größe braucht man absolut verlässliche Autoren. Man kann sich nicht auf Experimente einlassen und nicht Hunderte von Probearbeiten lesen und begutachten, sonst ist es nicht zu stemmen. Es lief noch nicht so richtig rund, wie ich es mir wünschte.

In dieser Entwicklungsphase war ich wieder einmal - was selten passiert - in Facebook unterwegs und stieß auf einen Namen: Ronny Rindler. Ich platzte eigentlich ziemlich unhöflich in eine Unterhaltung hinein, denn der Name Rindler sagte mir auf Anhieb etwas. Er brachte sich in Zusammenhang mit einem Text des Autors, den ich vor nicht allzu langer Zeit auf dem Tisch hatte. Ein sehr guter Text, der mir gefallen hat und den ich trotzdem nicht annehmen konnte, da er einfach nicht in unser Programm passte.

Ich fragte Rindler über Facebook, ob er Lust hätte, in das Projekt einzusteigen. Er hatte. Als ich die ersten Texte bekam und las, war ich fasziniert. Ich muss gestehen, dass ich privat kein Krimi Fan bin. Diese Geschichten jedoch rissen mich mit.

Spannend, voller Leben und mit einem unwahrscheinlichen Tempo, gewann ich den Eindruck, einen langen Krimi gelesen zu haben, obwohl der Text kurz war.

Während die meisten Autoren sich auf ihre eigenen heimatlichen Regionen beschränkten, schaffte es Ronny Rindler mühelos seine Schauplätze deutschlandweit zu streuen. So kam es, dass er jeden Monat einmal gleichzeitig in allen Ausgaben erschien und sicherlich sehr vielen Lesern in Erinnerung ist. Der Autor konnte kurzfristig für Kollegen einspringen und arbeitete musterhaft präzise. Als schließlich die Zeichenzahl der Krimis auf 3.000 reduziert wurde, war es eine echte Herausforderung mit diesen wenigen Zeichen einen spannenden Krimi zu basteln. Rindler hat die Herausforderung angenommen und überaus rasante Ermittlerkrimis geschrieben.

Wer ist der Autor Ronny Rindler? Er kommt aus einem anderen Zweig der Unterhaltungsbranche. Ronny Rindler studierte an der Bayerischen Theaterakademie „August Everding“ in München und war über viele Jahre in großen Musicalproduktionen wie „West Side Story“, „Lucky Stiff“, „Dirty Dancing“ oder auch in der Fernsehserie „Wege zum Glück“ zu sehen.

Bereits während seiner Zeit in dem Hitmusical „Ich war noch niemals in New York“ von Udo Jürgens beschloss er, sich auf seine Schreibleidenschaft zu konzentrieren und studierte Belletristik. Bei HML-Media Nürnberg stieg er erstmals in ein

Auftragsprojekt ein und schrieb für die Agentur mehr als 100 Kurzkrimis, Lovestorys und auch Truestorys. In dieser Zeit begann auch die Entwicklung zum Schreibcoach. Und der Autor sammelte zusätzliche Erfahrungen im Bereich Medien und Werbung bei einer großen Werbeagentur.

Mittlerweile arbeitet Ronny Rindler als freier Autor und Schreibcoach. Seine Online-Kurse sind beliebt und begehrt, denn Rindler lehrt das Handwerk von der Pike auf und betreut jeden einzelnen Schüler intensiv.

Mit diesem Band legt der Autor 30 Kurzkrimis vor. Das Besondere: Alle erscheinen erstmals in ungekürzter Fassung. Jede einzelne Kriminalgeschichte wurde von Ronny Rindler grundlegend überarbeitet und erhielt den Raum, den sie in der Originalversion aufgrund der Zeichenbegrenzungen in der Zeitschrift „auf einen Blick“ nicht erhalten konnte. Das Ergebnis sind einfallsreiche, überraschende Storys, die auch dem Kenner ein spannendes und mitreißendes Lesevergnügen garantieren. Ich wünsche Ihnen viel Spaß dabei!

Nürnberg im April 2015
Harald M. Landgraf
Literarische Agentur HML-Media Nürnberg

Über den Autor

Ronny Rindler studierte an der Bayerischen Theaterakademie „August Everding“ in München und war über viele Jahre in großen Musicalproduktionen wie “West Side Story”, „Lucky Stiff“, „Dirty Dancing“ oder auch in der Fernsehserie „Wege zum Glück“ zu sehen.

Bereits während seiner Zeit in dem Hitmusical „Ich war noch niemals in New York“ von Udo Jürgens beschloss er, sich auf seine Schreibleidenschaft zu konzentrieren und studierte Belletristik. In einer großen Werbeagentur sammelte er Erfahrungen im Bereich Medien und Werbung. Inzwischen arbeitet er hauptberuflich als freier Autor und Schreiblehrer.

Für HML Media schreibt Ronny hauptsächlich rasante Kurzkrimis und märchenhafte Liebesgeschichten. Auf seiner Webseite bietet er Onlineseminare für Schreibverrückte an.

www.rindlerwahn.de

Kehrwoch' in Degerloch

Akten-Nr.: 01
Tatort: Stuttgart-Degerloch
Es berichtet: Wolfgang Dachser (Polizist)

Nicht ahnend, welch kurioser Fall mich erwartete, erreichte ich Degerloch. Direkt vor der Nummer 50, kurz vor einer Straßenlaterne, parkte ein Porsche. Der Motor lief noch. Wie das Knurren eines ausgehungerten Wolfes grollte er durch die von der Mittagsruhe leergefegten Straßen. Es gab keinen Zweifel. Der Mann hinter der Windschutzscheibe musste Pfahl sein, der Anrufer. Sein Gesichtsausdruck schien meine Vermutung zu bestätigen. Bleich wie Saitenwürstle. Und mehr tot als lebendig. Der Anblick der Leiche musste entsetzlich gewesen sein. Ich klopfte vorsichtig gegen die Scheibe.

Pfahl stieg aus. „Da im Haus", stammelte er. „Alles ist voller Blut." Er schwankte.

Ich fürchtete, er würde jeden Augenblick in Ohnmacht fallen. „Ein toller Wagen", lenkte ich ab.

Meine Taktik ging auf. Er lächelte. „Danke, ich zahle noch die Raten ab." Mit einer beiläufigen Handbewegung warf er etwas Goldenes ins Auto. Dann führte er mich hinein ins Haus.

Chlor biss mir in die Atemwege. Dazwischen ein Hauch von Zitrone. Direkt neben der Tür hing ein Reinigungsplan. An dem Namen *Buhmann* war herumradiert worden. Daneben klebte eine Anzeige: *Verkaufe Wohnung. Beste Lage. Melden bei Pfahl.* Schon riss mich lautes Gepolter aus meinen Gedanken. Ich spähte ins Treppenhaus. Und erstarrte. Der Anblick übertraf alles, was ich bisher in meiner Polizeikarriere gesehen hatte. Eine rüstige Dame kniete neben der Leiche und putzte ihr den Hals.

„Sind Sie verrückt? Weg da!“, rief ich.

Erschrocken sah sie mich an. „Sin' Sie der Polizischt?“

Ich eilte auf sie zu.

„Vorsicht, isch noch nass!“

Und rutschig. In letzter Sekunde fing ich mich. Boden und Wände glitzerten wie in der alten Meister-Propper-Werbung. „Oh Gott“, japste ich.

„Ja. Sie habe koi Ahnung, wie 's hier ausg'sehe hat. Überall Blut. So kann man des doch net lasse, wenn fremde Leut' ins Haus neikomme.“ Sie nahm ein Tuch aus ihrem Putzkittel und tupfte sich die Stirn. „Fleischer, mei Wohnung isch die hier im Erdg'schoss.“

Ich war sprachlos. Dieser Frau war es gelungen, in wenigen Minuten alle Spuren zu beseitigen. Sie winkte mich zur Leiche. Die aufgeschnittene Kehle klaffte sauber ausgewischt auseinander.

„Bis uff d' Wirbelsäule nunter hat der Mörder g'schnitte.“ Die Alte putzte sich Blut von den Händen. „Was für ein Verluscht. Seit Frau Färber die Kehrwoch' organisiert hat, habe mir drei Mal die goldene Hausnummer g'wonne. Für des sauberschte Haus in ganz Degerloch."

Zwei Männer - einer mit aufgestelltem, blondem Haar, der andere ein kurz rasiertes, tätowiertes Muskelpaket - steckten ihre Köpfe aus der Wohnung in der ersten Etage. *Buhmann* stand auf dem Klingelschild an der Tür. „Was ist denn ...?" Der Blonde entdeckte die tote Frau Färber und beendete seinen Satz mit einem hysterischen Schrei. Er stützte sich auf der Schuhkommode vor Pfahls Wohnung ab. Sie verrutschte und gab den Blick auf einen Schimmelfleck frei. Schimmel? In diesem sauberen Haus? Apropos sauber: Buhmann, der Name vom Putzplan!

„Entschuldigen Sie", fragte ich, „Herr Buhmann? Warum wurde auf dem Putzplan an Ihrem Namen herumradiert?"

„Wer sind Sie?"

Ich zog meinen Dienstausweis. Der Blonde hyperventilierte vor Schreck.

Sein Freund antwortete stellvertretend: „Fredibär hat sich für den European Hairdressing Championchip in Wien qualifiziert."

Plötzlich war Fredibär wieder hellwach. „Sei still, Axel!"

„Zier dich doch nicht so."

„Hairdressing?", fragte ich.

„Die Europäische Friseurmeisterschaft", antwortete Fredibär. „Leider wurden wir genau zu diesem Termin für die Kehrwoche eingeplant. Und Frau Färber war gegen einen Tausch."

„Jetzt nicht mehr", grinste das Muskelpaket.

Fredibär reagierte auf Axels Kommentar mit einer plötzlichen Ohnmacht.

Mir fiel die Friseurtasche auf, die er um die Hüfte trug, bestückt mit Schere, Kamm und Rasiermesser. Scharf genug für einen Kehlenschnitt?

„Hilfe! Mein Freund hat einen Schwächeanfall", riss mich Axel aus meinen Gedanken.

Ich fühlte Bärchens Puls und bat Frau Fleischer, für Frischluft zu sorgen.

„Geht net." Die Alte deutete auf die Fenster, an allen fehlten die Griffe.

„Weil jemand ständig alle Fenschter im Treppehaus an'kippt hat, sind unsere Heizkoschte enorm in 'd Höh g'schosse. Frau Färber hat die Griffe ab-g'macht und nur oimol im Monat für den Fenschterputz nausgebbe. Seitdem sind unsere Heizkoschte' wieder um fünfzehn Prozent g'sunke." „Und jetzt droht mein Bärchen zu ersticken. Also tun Sie was!"

Der blonde Friseur rollte die Augen nach hinten und sabberte theatralisch. Panisch klopfte die Putzoma die Kitteltaschen der Toten ab.

Was, verdammt noch mal, wurde hier gespielt? „Was machen Sie da?", rief ich.

Auch Pfahl wurde sichtlich nervöser.

„D' Frau Färber hat den goldenen Griff immer bei sich g'habt. Aber ich finde 'n net."

Pfahl riss spontan die Haustür auf und verkeilte sie. Endlich Frischluft. Fredibär erholte sich augenblicklich.

„Herr Kommissar", sagte Axel aufgeregt, „Wenn Frau Färber den Griff nicht mehr hat, dann ..."

Fredibär schoss in die Höhe und rief: „... dann, dann muss ihn ihr jemand weggenommen haben! Mit Gewalt. Die Färber hätte den Griff niemals aus der Hand gegeben!"

Richtig. Mir fiel das goldene Ding wieder ein, das Pfahl in den Porsche geworfen hatte. „Sie haben den Fenstergriff?"

Pfahl stand käseweiß in der Tür und stotterte. „Aber deswegen bringe ich doch niemanden um."

Er hatte recht, das war kein Mordmotiv. Meine Augen brannten vom Chlor. Ich griff nach einem Taschentuch gegen die Tränen. Da machte es klick. Chlor. Natürlich. Der Schimmelfleck hinter der Kommode. Deswegen der penetrante Chlorgeruch. Schimmelentferner! „Sie hatten Probleme mit Schimmel, nicht wahr?", wandte ich mich wieder an Pfahl.

Pfahl schüttelte den Kopf.

„Und weil Frau Färber sich weigerte, das Fenster angeklappt zu lassen, was gegen den Schimmel hätte helfen können, hatten Sie Angst um den Verkaufswert Ihrer Wohnung. Sie müssen doch Ihren Porsche abbezahlen. Sie haben ihr die Kehle durchgeschnitten, um in den Besitz des Fenstergriffes zu kommen."

Blitzschnell drehte Pfahl sich um und sprintete aus der Wohnung, hastete durch das Treppenhaus hinaus auf den Parkplatz vor dem Haus, sprang in seinen Porsche und warf den Motor an.

„Halt!" Allesamt stürzten wir hinterher. Zu spät, mit quietschenden Reifen fuhr er los.

Noch bevor ich reagieren konnte, zog Fredibär die Haarschere aus seiner Friseurtasche und schleuderte sie mit einem asiatischen Kung-Fu-Schrei in den rechten Hinterreifen. Ein Knall. Der Wagen brach aus und krachte gegen eine Laterne. Bewusstlos hing Pfahl im Airbag.

„European Hairdresser - ich komme!", jubelte Bärchen.

Ich stürzte zum Wagen und legte Pfahl Handschellen an.

Crash am Süllberg

Akten-Nr.: 02
Tatort: Hamburg-Blankenese
Es berichtet: Erwin Blimke (Kriminalkommissar)

Mit einem Radfahrer hatte das, was vor mir auf der Treppe zum Hauseingang lag, nicht mehr viel zu tun. Ich spürte, wie das Blut in meinen Adern zu brodeln begann. Jetzt würde ich erst recht nie wieder ein Fahrrad besteigen. Fassungslos senkte ich das Leichentuch.

Timmy versuchte seinen Schock mit einer Zigarette zu besänftigen. „Ich wollte gerade raus zum Inlineskaten. Da rast er direkt auf mich zu.“ Er nahm einen tiefen Zug. „Ich habe mir erst nichts dabei gedacht. Janko ist immer schon gefahren wie ein Idiot.“

Seltsam, das von einem Jungen zu hören, der mit seiner Kapuze über dem Basecap selbst nach Straßengangster aussah. Aber das Beben in Timmys Stimme verriet, dass von der harten Schale nicht mehr viel übrig geblieben war. Der Vorfall hatte ihn voll erwischt.

Mit starrem Blick redete er weiter. „Doch dann sah ich diese Panik in Jankos Gesicht. Und schon kracht er in meinen Zaun, fliegt über den Lenker und knallt mir direkt vor die Füße.“

Sofort kamen die Erinnerungen an meinen eigenen Fahrradunfall wieder hoch. Mein Puls beschleunigte sich. Das war nicht der richtige Zeitpunkt für Panikattacken. Also begutachtete ich das Mountainbike, um mich abzulenken.

Totalschaden. Mit dem Vorderrad hoffnungslos in den Gartenzaun verkeilt, hing der Sattel wie ein ausgelöster Schleudersitz in der Luft. Blut, kleine, weiße Haare und Dreck klebten am Schlauch des Vorderrades. Der Aufprall musste immens gewesen sein. Ein Blick auf die Bremsleine verriet mir den Grund: durchgeschnitten. Was für ein Horror, dachte ich, du rast den Berg hinab und plötzlich bemerkst du, dass du nicht mehr bremsen kannst. Mir wurde schwindelig.

„Ist alles okay mit Ihnen?“

Timmys Kommentar wirkte wie eine kalte Dusche. Gespielt beiläufig klopfte ich mir den Dreck von den Händen und überlegte. Wo war das Motiv? Oder war es Willkür? Sicher, es gab genügend Fahrradhasser. Auch in Blankenese.

„Haben Sie Janko persönlich gekannt?“, fragte ich.

„Allerdings.“ Timmys Lippen begannen zu zittern.

„Was für ein Mist, auf so eine Art seinen Kumpel zu verlieren“, seufzte ich.

Wie auf Kommando schossen die Tränen in Timmys Augen. Einen coolen Kerl weinen zu sehen, das ging mir durch Mark und Bein. Ich klopfte ihm auf die Schulter. „Wo ist Jankos Wohnung?“

Timmy wischte mit seinem Ärmel die Tränen

weg. „Bei seiner Freundin. Irgendwo oben am Süllberg.“

Der Süllberg war nur wenige Minuten entfernt. „Die genaue Adresse?“

Timmy zuckte mit den Schultern und schwieg. Ich gab seine Infos an meine Kollegen weiter und bat sie darum, die genaue Anschrift zu ermitteln. Schließlich hatte ich eine schlechte Nachricht zu überbringen. Aber wenigstens würden mir die paar Schritte guttun.

Nur eine Viertelstunde später blinzelte mir eine kleine, unscheinbare Gestalt durch den Türspalt entgegen. „Was wollen Sie?“

„Ich möchte mit Ihnen sprechen“, antwortete ich.

Die Tür fiel ins Schloss. „Ich kaufe nichts“, hallte es aus der Wohnung.

Ich klopfte erneut. „Es geht um Janko.“

Metallisches Geklapper verriet das Lösen einer Türkette. Das Mädchen öffnete. Von der Statur her fürchtete ich, der nächste Windstoß könnte sie aus dem Fenster wehen. Nach einem kurzen Blick in ihre Augen aber war mir klar, dass man mit diesem Typ Frau lieber keinen Streit begann. Sie warf ihre blonde Mähne in den Nacken. „Was ist mit ihm?“ Düstere Rockmusik aus dem Wohnzimmer unterstrich den Zorn in ihrer Stimme.

Ich zog meinen Dienstausweis. „Sie sind seine Freundin?“

Sie nickte. Ich wollte eintreten.

„Haben Sie einen Durchsuchungsbefehl?"

Ich wich zurück. Mit dieser Reaktion hatte ich nicht gerechnet. „Nein. Ich habe leider keine guten Nachrichten."

„Was hat er angestellt?"

„Janko hatte vor Timmys Haus unten am Strandweg einen schweren Fahrradunfall."

Sie stand nur in der Tür und starrte mich an. Oh, wie ich diese Momente hasste. Hilflos wich ich ihrem Blick aus. Dabei bemerkte ich das Chaos hinter ihr in der Wohnung. Die Fächer vom Flurschrank standen offen. Kleidungsstücke waren herausgewühlt und lagen über den Boden verstreut. Männersachen. Dazwischen Bilder. Eines davon war sauber in der Mitte durchgerissen. Auf der einen Hälfte erkannte ich das Mädchen wieder, auf der anderen Janko. Ich lehnte mich vor und erspähte einen umgeworfenen Werkzeugkoffer mit einer riesigen Zange am Boden. Stark genug für einen Bremsschlauch?

Sie bemerkte meinen Blick. „Ist er tot?"

Ich nickte. „Es tut mir leid."

„Dann hat sie ja, was sie will."

Sofort läuteten bei mir die Alarmglocken. „Wer?"

„Frau Schubert, die Hexe."

Mit einem kräftigen Schwung schlug mir das Mädchen die Tür vor der Nase zu und drehte die Musik noch weiter auf. Laute Bässe und Songfetzen wie *Du liebst mich nicht* hallten durchs Haus. Im Augenblick war hier nichts mehr zu holen.

Auf dem Weg zurück zur Treppe stand plötzlich eine alte Frau vor mir. Die Kombination von lilafarbenem Kittel, Haarnetz über dem Dutt und einem Hauch von *4711* weckte eine Vermutung in mir. „Frau Schubert?“, fragte ich.

Sie fauchte mich an und ergriff die Flucht. Ihrem schleppenden Tempo nach musste sie schon eine ganze Weile in meiner Nähe gewesen sein.

„Sie haben doch nicht etwa gelauscht?“, hakte ich nach.

„So ein Schwachsinn. Ich war im Garten“, giftete sie zurück.

Mir fiel ihr hinkender Gang auf. „Haben Sie sich verletzt?“

Endlich stoppte sie und drehte sich um. Purer Hass blitzte mir entgegen. „Verletzt? Der Drecksack ist mir mit seinem Rennrad in die Seite gerast. Oberschenkelhalsbruch. Zwei Monate war ich im Krankenhaus.“ Aufgebracht fuchtelte sie mit einer gewaltigen Heckenschere durch die Luft. „Recht geschieht 's ihm. Hoffentlich hat er dem armen Timmy nicht die Rosen plattgewalzt bei der Landung.“

„Timmy?“

„Timmy ist ein feiner Kerl. Als ich noch nicht laufen konnte, hat er mir mit seinem Kumpel immer die Brötchen hochgetragen.“

„Ein Kumpel? Wer war das?“

„Na Kumpel!“ Frau Schubert blickte mich

überrascht an. „Der Köter, der jeden angreift, der Timmys Grundstück betritt."

„Timmy hat einen Hund?"

„Einen Jack Russel. Hat er gar nicht gebellt, als sie unten waren?" Sie schüttelte verwundert den Kopf und verschwand in ihre Wohnung.

Ich grübelte. Kumpel. Hund. Brötchen ... Aber wenn Timmy regelmäßig hier oben war, warum sagte er dann, die genaue Adresse von Janko wisse er nicht? Natürlich! Jetzt wurde mir so einiges klar. Timmy hatte nicht wegen Janko geweint, sondern erst, als ich „Kumpel" gesagt hatte. Waren nicht am Vorderrad des Fahrrades Blutspuren gewesen? Und kleine, weiße Haare? Hundehaare?

Ich griff nach meinem Telefon und verließ das Haus. „Hans? Schickt mir einen Streifenwagen zum Strandweg, schnell!"

Als ich wenige Minuten später unten ankam, stand Timmy vor dem Gartenzaun und zog sich Inliner an. „Ihre Kollegen sind schon weg", sagte er.

„Ich möchte zu Ihnen. Ich habe noch eine Frage."

„Nur zu."

„Wo ist eigentlich Kumpel?"

Schlagartig wich jede Farbe aus Timmys Gesicht. „Kumpel?"

„Na, Ihr Hund? Der Jack Russel?" Das erneute Zucken von Timmys Lippen bewies, dass ich ins Schwarze getroffen hatte. „Kumpel ist tot, oder?"

Timmy antwortete nicht.

„Janko hat ihn mit dem Rad überfahren. Daher die Haare am Vorderreifen. Und aus Rache haben Sie sein Bremskabel gekappt. Vielleicht wollten Sie ihn nicht einmal töten. Ein paar Knochenbrüche hätten schon gereicht."

Wie aus dem Nichts drehte sich Timmy um und skatete im Höchsttempo den Strandweg hinunter. Verflucht! Wo blieb der verdammte Streifenwagen? Am Zaun gegenüber erspähte ich ein loses Fahrrad. Das Adrenalin schoss mir durch den Körper. Tausend innere Stimmen schrien mich an: Nein, Blimke, das wirst du nicht tun! Aber in wenigen Minuten wäre Timmy außer Reichweite.

Ich griff den Lenker. Sofort sah ich mich in Gedanken wieder unter den LKW rutschen. Reiß dich zusammen, Blimke!! In einem Satz sprang ich auf das Rad. Ein bestialischer Zornesschrei hallte über den Strandweg, als ich Timmy wie ein Wilder hinterherraste.

Lichtspieltheater des Todes

Akten-Nr.: 03
Tatort: Frankfurt (Oder)
Es berichtet: Olaf Lehmann (Polizist)

Ein gewaltiger Blitz schoss in die fünfundzwanzigste Etage des Oderturms. Was für ein Höllenwetter. Ich wurde das Gefühl nicht los, dass mich diesmal mehr erwarten würde als nur ein simpler Einbruch.

Der Anrufer stand auf der Treppe zum Haupteingang. Im Blaulicht meines Streifenwagens wirkte das verlassene Lichtspieltheater wie eine Horrorfilmkulisse. „Krause. Umweltamt. Ich kam wegen der Fledermäuse. Dann hörte ich Stimmen."

Die Türen waren eingetreten.

„Gibt es noch einen Zugang?", fragte ich.

„Wurden alle zugemauert. Ich stand die ganze Zeit hier."

Wahrscheinlich Plünderer. Ich nahm meine Dienstwaffe und betrat das Gebäude. Die feuchte Regenluft mischte sich mit dem Geruch von durchschimmeltem Beton. Von der anderen Seite des Foyers kam ein Wimmern. Ich erspähte etwas Weißes. Handschuhe. Meine Augen brauchten eine Weile, bis sie sich an die Dunkelheit gewöhnt hatten. Die Handschuhe wurden von einer alten Frau getragen. Sie hockte am Boden vor dem ehemaligen Ticketschalter und umklammerte ihre Handtasche. Den Mund mit einem breiten Gaffa-Tape verklebt, rang sie nach Luft.

Ich riss das Klebeband ab. „Was ist passiert?"

„Ich weiß es nicht. Ich ging in das Kino, weil ich Hilferufe hörte, und plötzlich spürte ich einen Schlag." Die alte Dame lehnte sich vor. Im blauschwarzen Gewitterlicht wirkte ihr Gesicht wie eine mir seltsam vertraute Zombiefratze. „Er ist noch hier", wimmerte sie.

Ein Schauer lief mir über den Rücken. Stell dich nicht so an, du bist ein Bulle, sagte ich mir.

Draußen tobte das Gewitter durch die Nacht. Regen prasselte auf das Gebäude nieder. Ein Blitz jagte Licht durch die Eingangstür. Posterfetzen hingen von der Wand an der Treppe herunter. *Dracula.* Daneben ein flüchtender Schatten. Schritte hetzten über das Parkett der oberen Etage. Dich krieg ich, rief ich mir zu. Wie durch ein Wunder hechtete ich im Haldbunkel ohne zu stolpern die Treppe hinauf. Im Wartebereich vor den alten Kinosälen blieb ich stehen. Am Boden brannten Teelichte. In der Mitte, mit der Rückseite zu mir gewandt, stand ein verranzter, zugestaubter Sessel. Jemand saß darin. Ein Teil des Hinterkopfes ragte über die Lehne. Ein gespenstischer Anblick. Ich machte meine Waffe scharf und schlich mich an. Das Herz schlug mir bis zum Hals. In einem Satz sprang ich um den Sessel herum und hielt dem Mann die Pistole ins Gesicht. Aus zwei nebeneinanderliegenden Einstichen am Hals lief Blut. Tot. Was war hier los?

Wieder ein Blitz. Für den Bruchteil einer Sekunde erkannte ich das Gesicht. Verdammt! Schoni. Ich erinnerte mich, wie Herr Schon mich durch das Abitur geprügelt hatte. Und daran, wie Schoni plötzlich verschwunden war. Von heute auf morgen. Und jetzt war er tot? Warum? Warum hier?

Ein dunkler Schatten raste über mich hinweg. Instinktiv duckte ich mich. Fledermäuse. „Die krallen sich in deinem Haar fest und beißen!“, hatte meine Großmutter immer prophezeit. Zum ersten Mal war ich dankbar, dass ich keine Haare mehr hatte.

Plötzlich spürte ich ein Messer an meiner Kehle. „Nicht bewegen!“

„Was wollen Sie?“

„Dass ihr damit aufhört.“

„Womit?“, fragte ich.

„Verarsch mich nicht. Ich weiß, was du letzten Sommer getan hast.“

Ich verfluchte meinen Leichtsinn. Warum, verdammt, hatte ich keine Verstärkung angefordert? Jetzt saß ich in der Falle. Ob er mir auch den Hals aufstechen würde? Vielleicht sogar, um mein Blut zu trinken? Mir wurde übel.

„Brauchen Sie Hilfe?“, rief Krause vom Umweltamt plötzlich herauf.

Der Angreifer zuckte, und ich spürte, wie sich sein Griff lockerte. Ich nutzte den Moment, schlug ihm das Messer aus der Hand, verdrehte seinen Arm und legte ihm Handschellen an. Ich holte eine Plastiktüte aus der Jackentasche, hob das Messer vom Boden auf und führte ihn ins Erdgeschoss.

„Nein! Ich war es nicht! Ich habe sie gejagt“, begann sich der Fremde vehement zu verteidigen.

„Wen haben Sie gejagt?“

„Das Dreckspack, das hier seit Jahren plündert. Ich bin Filmvorführer. Das hier war mein Leben. Ich lasse es nicht zu, dass alles zerfällt. Die haben ihn umgebracht!“

Ein Wahnsinniger. Was war nur aus meiner Stadt geworden? Aus meinen Erinnerungen?

Krause versorgte noch immer die alte Dame. Als sie uns sah, schrie sie: „Das ist der Mann! Ich habe es genau gesehen!“

Ich war irritiert. „Moment. Sagten Sie nicht, Sie spürten nur einen Schlag?“

„Ja“, stotterte die Alte. „Aber jetzt erinnere ich mich wieder. Diesen Blick werde ich nie vergessen.“

„Sie lügt!“

Ich blickte auf das Messer in meiner Tüte. Erst jetzt konnte ich sehen, dass es völlig sauber war. Seltsam. Ich betrachtete die Alte. Irgendetwas hier stimmte nicht. „Aber Sie waren gar nicht gefesselt, oder? Warum hat der Angreifer nur Ihren Mund verklebt? Und warum ließ er Ihnen Ihre Handtasche?"

Die Frau verstummte. Ich entriss ihr die Tasche und öffnete sie. Eine Rolle silbernes, blutverschmiertes Gaffa-Tape fiel heraus, eine blutige Nagelschere, ein Personalausweis. „Sie haben sich das Klebeband selbst auf den Mund geklebt, nicht wahr? Ziehen Sie Ihre Handschuhe aus!"

Sie weigerte sich.

„Los!"

Wie ich es vermutet hatte. An den Händen der Frau klebte Blut. Ich las den Ausweis. Cornelia Schneider. Woher kannte ich diesen Namen? Ich schaute auf das Foto.

Da fiel es mir wie Schuppen von den Augen. Frau Schneider, das Nadelarbeits-Kurs-Monster! Wir hatten uns immer darüber lustig gemacht, wie sie mit Schoni geflirtet hatte. Auf dem Schulhof wurde erzählt, man habe sie im Kino knutschen sehen. Bei *Dracula*. Ich hatte es nie geglaubt.

„Sie haben ihn umgebracht."

„Abgehauen ist das Schwein. Wegen einer Tusse im Westen. Und nach über fünfzehn Jahren kommt er zurück, macht auf romantisch und lockt mich in dieses Kino, nur um mir zu sagen, dass er alles bereut, weil sie ihn jetzt sitzen gelassen hat?" Sie brach in schallendes Gelächter aus.

Ich fackelte nicht lange und nahm sie fest. Sie wehrte sich nicht.

In meinem Streifenwagen schaltete ich das Radio an. Annie Lennox sang uns einen *Lovesong or a Vampire*. Gänsehaut.

Tee macht Peng!

Akten-Nr.: 04
Tatort: Wiesbaden
Es berichtet: Doris Tschöpe (Kriminalkommissarin)

Der Kollege Janson führte aus: „Gulliano hat ein kleines Pizza-Restaurant hier in der Nähe. Der Zeuge sagt, er sei aus einem weißen Auto heraus angeschossen worden und auf die Straße gestürzt. Der herannahende Bus habe nicht mehr bremsen können."

Und jetzt klebte Gulliano auf der vereisten Rheingaustraße wie platt gewalzte Spaghetti mit Tomat... Ich verbot mir diese Assoziation. „Hat er Familie?", fragte ich. „Ich will Details."

Es blitzte. Ich schnellte herum. Eine Fotografin verschwand in die Menge von Gaffern auf dem Schlossplatz.

„Hier gibt es nichts zu sehen! Janson, sorgen Sie dafür, dass die Leute verduften. Wo ist der Zeuge?"

Janson nickte in Richtung eines knitterigen, chinesischen Mannes. „Der da. Aber erwarten Sie sich nicht zu viel." Er beugte sich dicht an mein Ohr. „Der Kerl ist ein wenig ..." Janson beendete den Satz mit einer Scheibenwischergeste vor seinem Gesicht.

„Verstehe." Wo waren sie nur, die zwiespältigen

Persönlichkeiten aus den Sherlock-Holmes-Filmen, wegen denen ich einst Kommissarin geworden war? Ich warf meine Zigarette in den Schnee und ging zum Zeugen hinüber. Mein Hals brannte von der Mischung aus Frost und warmem Qualm. Die Grippe, die mich seit Tagen quälte, machte es nicht besser. Ich hustete.

Der Alte Chinese verneigte sich und lächelte mich an. „Sie klank?"

„Erkältet. Was haben Sie gesehen?"

Mahnend erhob er seinen Zeigefinger. „Tee gut."

Irritiert blickte ich zu der Polizistin, die neben dem Chinesen stand. Sie verdrehte die Augen und stöhnte. Ich wendete mich wieder dem Alten zu und artikulierte so gut es meine Grippe zuließ. „Ha-ben Sie et-was ge-se-hen?"

„Genau. Tee gut."

Ich versuchte es mit Händen und Füßen. Zuerst deutete ich auf meine Augen und dann auf die Brille des Herren. „Sehen."

Er nickte. Euphorisch zeigte er auf meinen Busen. „Gloß. Sehr gloß. Blumm blumm. Wild. Macht peng!"

Meine Kollegin schlug sich mit der Hand an die Stirn. „Sinnlos", seufzte ich. „Bringen Sie ihn weg."

Im selben Augenblick tauchte Janson mit einem kurzen Zwischenbericht auf. „Der Tote hat eine Frau namens Verona Verdi. Sie und er wohnen am Neroberg."

Neroberg. Das klang schon eher nach Sherlock Holmes. Wer weiß, vielleicht hatte dieses Verbrechen hier ja doch noch Potential für einen spannenden Fall? Ich schielte zu Janson. Mit seinem Notizbuch in der Hand und dem karierten Winterschal hatte er durchaus etwas von einem Dr. Watson. Ich stutzte: *Janson* und *Watson* - das war doch gar nicht so weit voneinander entfernt.

Ich steckte mir eine neue Zigarette in den Mund und murmelte: „Janson?" Wie auf Befehl drehte er sich um und gab mir Feuer. Das nennt man Team, dachte ich, zwinkerte ihm verschwörerisch zu und sagte: „Fahren wir!"

Zwanzig Minuten später erreichten wir den Neroberg. In der Ferne schimmerten die goldenen Kuppeln der russischen Kirche in der tiefstehenden Wintersonne. Davor die Verdi Villa. Unter der Last des Schnees legten sich die dicken Eichenäste wie schützende Arme über das Dach. Die perfekte Kriminalkulisse, garniert von unseren knarzenden Schritten im Schnee. Ich klingelte.

Frau Verdi war in ein dunkelrotes Kleid gehüllt. Sie begrüßte uns mit einem erleichterten: „Da sind Sie ja endlich."

Überrascht steckte ich meine Dienstmarke wieder ein. „Sie haben uns erwartet?"

„Die ganze Stadt spricht längst davon. Tee?" Ich nickte. Verona verschwand in die Küche. Janson bequemte sich auf das rustikale Sofa.

Mit einem flotten Pfiff und großen Augen gab

er mir unmissverständlich zu verstehen, was er von Frau Verdi hielt. Genau deswegen war er Assistent und ich Kommissarin. Mir hatten Veronas leblose Stirn, ihre auffallend glatte Haut und die leicht nach hinten gezogenen Augenlider längst verraten, dass sie deutlich älter war, als sie uns glauben machte.

„Sie scheinen nicht sonderlich überrascht zu sein?“, rief ich ihr in Richtung Küche hinterher.

„Warum sollte ich?“, hallte es zwischen Geschirr- und Löffelgeklapper. „Gulliano hat noch nie etwas anbrennen lassen. Wiesbaden wimmelt nur so von Frauen, die ihm den Tod an den Hals wünschen. Schauen Sie sich um, dann wissen Sie, warum ich noch hier bin.“

Das tat ich. Beim Anblick der grasgrünen Moosmustertapete wäre ich allerdings lieber schreiend davongelaufen. Ich schlich zur Garderobe und wühlte in Veronas Manteltaschen. Für die Zubereitung eines Tees blieb die Dame ungewöhnlich lange in der Küche.

„Haben Sie ein Auto, Frau Verdi?“, fragte Janson.

„Einen weißen Golf Cabriolet.“

Ich angelte einen Waffenschein aus Veronas Brieftasche. „Bingo“, flüsterte ich Janson zu.

Er hob beide Daumen und rief in die Küche: „Könnten wir Ihr Auto einmal sehen?“

Endlich kam Verona mit zwei dampfenden Porzellantassen zurück. „Leider nein. Es wurde mir heute Morgen gestohlen.“

„Überprüfen, Watson!“

Mein Kollege hob seine linke Augenbraue.

„Janson“, korrigierte ich mich.

Schmunzelnd griff er nach seinem Handy und telefonierte. Kurz darauf kam die Antwort: „Stimmt. Sie haben den Wagen sogar schon gefunden. Rheingoldstraße.“

Verona schlug ihre Hände zusammen. „Wunderbar!“

Das war zu einfach, dachte ich. „Frau Verdi, was haben Sie in der letzten Stunde gemacht?“

„Meinen Mann erschossen, natürlich. Dann habe ich das Auto in der Rheingoldstraße geparkt und bin in nur zehn Minuten auf Highheels quer durch die Stadt und den Neroberg hoch zurück in meine Villa gesprintet, zu meinem Masseur“, antwortete sie sarkastisch. „Er ist gerade weg.“

Miststück, dachte ich. „Wir werden das überprüfen.“ Ich drehte mich um und ging zur Tür. „Janson, wir sehen uns den Wagen an.“

„Aber Ihr Tee?“ Verona griff nach den Tassen und streckte sie uns mit funkelnden Augen entgegen. Ein strenger Geruch dampfte mir in die Nase. Verona lächelte. „Tee tut gut.“

„Zu freundlich“, zischte ich, schob Janson aus der Tür und verließ mit ihm die Villa.

Der Wagen mit dem Kennzeichen WI - LD 23 stand zwei Kilometer vom Tatort entfernt, versteckt hinter Mülltonnen in einer Seitengasse der

Rheingoldstraße. Janson leuchtete mit seiner Taschenlampe ins Innere. „Nichts Auffälliges zu erkennen." Er zuckte mit den Schultern. „Alles nur Zufall?"

„Glaube ich nicht."

„Und jetzt?"

„Ich brauche dringend einen Kaffee."

„Da vorn ist ein Tegut. Direkt neben dem China-Imbiss. Ich lade dich ein." Janson marschierte auf die orange-weißen Buchstaben des Supermarktes zu.

Ich überlegte. Scheinbar gar nichts passte zueinander. Der verrückte Chinese mit seinem Tee-Tipp, die abgebrühte Ehefrau, der gestohlene Wagen ... Was hatte ich übersehen?

Wir erreichten die Backtheke des Marktes, und Janson fragte nach frischem Kaffee. Beim Anblick der blonden, vollbusigen Bedienung geriet er sichtbar in Verzückung. *Fricke* stand auf ihrem Namensschild. Nervös warf sie ihr Haar hin und her, als wollte sie ihr Gesicht verbergen. Ich wurde misstrauisch. Kannte ich sie etwa? Ich trat dichter an den Tresen heran. Plötzlich fiel es ihr wieder ein: die Fotografin vom Tatort! In meinem Kopf ratterte es. „Janson!"

„Ja?"

„Wie heißt dieser Supermarkt noch mal?"

Verdutzt blickte er mich an: „Tegut. Wieso?"

Das war die Lösung! Voller Euphorie platzte es aus mir heraus: „Tee gut. Praller Busen. Peng!"

Janson klappte die Kinnlade herunter. „Bitte?“

„Wild!“, jubelte ich.

Janson starrte mich entgeistert an.

„Der Chinese meinte das Nummernschild“, fügte ich hinzu. „WI - LD.“

In diesem Augenblick ließ Frau Fricke hinter dem Tresen den Kaffee fallen, drehte sich um und verschwand in Richtung Lagerbereich.

„Janson! Hinterher!“, rief ich.

Ohne zu zögern, schwang er sich über den Tresen und folgte ihr. Ich raste aus dem Supermarkt zum Lieferanteneingang. Fricke lief mir direkt entgegen. „Stehen bleiben!“

Sie konterte mit einem Revolver in der Hand: „Dieser Mistkerl hat es nicht anders verdient. Er hat gesagt, er will mich heiraten. Und dann kriecht er zurück zu seiner Tussi ...“ Plötzlich verstummte sie. Janson stand hinter ihr und hielt ihr seine Dienstwaffe an den Kopf. „Waffe fallen lassen! Es ist vorbei. Sie sind verhaftet.“

Die Gedankenleserin

Akten-Nr.: 05
Tatort: Rosenheim
Es berichtet: Bernd Hendl (Kriminalkommissar)

„Ich versteh′ es nicht. Ich habe niemandem von dem Versteck erzählt.“ Hausls Gesicht wurde weiß wie Sauerkraut. „Ich schweige wie ein Grab. Das weißt du.“

Das wusste ich wirklich. Bei Hausl konnte ich mich stets unbesorgt aussprechen, wenn es bei der Kripo in Rosenheim Probleme gab. Und nirgendwo tat ich es lieber als in seinem Wirtshaus. Denn Hausl war der Herr über Brot und Obazda. Dass das an seinem Körper keine Spuren hinterließ, schob ich auf seinen neuerlichen Fitnesswahn. Bei mir war die Lage leider anders.

Ich sah mich um. Hausl hatte eine Alarmanlage. Dem Täter war bis zum Eintreffen der Polizei folglich nicht viel Zeit geblieben. Er hatte die Tür zum Wirtshaus aufgebrochen und war ohne Umwege an Aquarium, Windspiel und Holzdrachen vorbei ins Büro gelaufen. „Mein Gott, Hausl, wenn zwischen der neuen asiatischen Deko nicht deine Urkunde für das berühmte Gewinnerrezept des Rosenheimer Käsekuchenwettbewerbs hängen würde, könnte man denken, das hier sei ein Chinarestaurant.“„Feng-Shui. Das steigert den Umsatz“, antwortete er. Das war ihm nach diesem Desaster auch mehr als zu wünschen. Allerdings war ich leider nicht so abergläubisch wie mein guter Freund.

Ich kratzte mich am Kinn und überlegte. Nichts weiter im Wirtshaus war beschädigt, nur das Buddha-Bild, hinter dem Hausls geheimes Geldversteck gewesen war. „Es gibt keinen Zweifel. Der Einbrecher muss von dem Versteck gewusst haben. Es sei denn, er hatte einen Röntgenblick."

Plötzlich sah mich Hausl an, als hätte er in eine Steckdose gegriffen. „Das ist es!"

„Was?"

„Der Röntgenblick." Hausls Augen rundeten sich auf Quarkbällchengröße. „Oh Gott, die Walla war's. Die aus der Aikido-Schule."

Eine asiatische Kampftechnikerin? Der Name *Walla* klang in meinen Ohren eher nach Kugelstoßen. Ich ahnte Böses. „Die Walla hat einen Röntgenblick?", versicherte ich mich.

Hausl nickte. „Beim Training hat sie mit seherischen Fähigkeiten geprahlt. Und sie hat gesagt, dass mir eine schwere Zeit bervorstehe."

Er tat mir leid. Erst wurde er ausgeraubt, und jetzt glaubte er auch noch, eine Aikidohexe habe sein Gehirn gescannt. Aber was half's? Walla war meine einzige Spur. Ich beschloss, sie mir undercover beim Aikido anzusehen.

„Probetraining?", fragte Walla.

War ich so schlecht? Wie ich meine Bewegungen im Fensterglas beobachtete, hätte ich locker das Double von Bud Spencer sein können. Walla hingegen erinnerte mich eher an die kindliche Kaiserin aus der unendlichen Geschichte. Ich zwinkerte ihr zu. „Ich gehe es lieber vorsichtig an."

„Ich weiß", antwortete sie, während sie mich mit seltsam kreisenden Armbewegungen umtänzelte.

Der überlegene Ausdruck in ihren Augen gefiel mir nicht. Und ich hatte keine Lust auf Psychospielchen. „Was wissen Sie denn noch?", konterte ich.

Sie lächelte. „Warum Sie wirklich hier sind, zum Beispiel."

Ich fühlte mich ertappt. In zwanzig Jahren kriminalistischer Arbeit war ich undercover noch nie aufgeflogen. Hatte diese Kleine etwa tatsächlich seherische Fähigkeiten? Unmöglich. Ich ließ es auf einen Versuch ankommen und attackierte mit einem blitzartigen Überraschungsschlag. Als hätte sie meine Bewegung vorausgesehen, blockierte sie meinen Arm. Schneller als ich denken konnte, spürte ich einen Griff. Zum ersten Mal seit Jahren fühlte ich mich schwerelos. In Sekundenbruchteilen drehte sich die Welt im Kreis. Eh ich begriff, was vor sich ging, knutschte ich den Mattenboden.

„So ein Typ wie Sie macht sich doch nichts aus Aikido." Walla sprang auf meinen Rücken und nahm meinen rechten Arm in den Hebelgriff. Ich musste zugeben, dass ich die Kleine ordentlich unterschätzt hatte. Sie beugte sich vor und flüsterte mir ins Ohr. „Sie sind zum Kontakten hier."

Meine Kriminalisten-Ehre war gerettet. Walla mochte vieles sein - eine Gedankenleserin aber sicher nicht. Allerdings gefiel mir das, was sie war, ausgesprochen gut. „Kontakten?“, flirtete ich zurück.

„Wie die Loni da.“

„Loni wer?“ Aus meiner Staubmilbenperspektive schielte ich zum Eingangsbereich hinüber. Eine Art Rutengeherin schlenderte gemeinsam mit dem Inhaber durch die Aikido-Schule. Sie hielt einen Holzdrachen in der Hand, der mir irgendwie bekannt vorkam. Als sie meinen Blick bemerkte, zwinkerte sie mir zu.

„Ha!“, zischte Walla. „Sehen Sie? Die kommt doch gar nicht wegen des Trainings. Die wirbt hier Kunden an. Wie den Hausl. Fallen Sie bloß nicht darauf rein. Verboten gehört das.“

„Kunden?“

„Klar. Sie schimpft sich Feng-Shui-Beraterin.“

Feng-Shui? Natürlich! Daher kannte ich auch den Holzdrachen. Mir kam eine Idee. Widerwillig entknotete mich aus Wallas Fängen und schlenderte zu dieser Loni hinüber, um etwas auszuprobieren.

Ich hörte sie gerade noch zum Inhaber sprechen: „Aber das alles funktioniert wirklich nur, wenn Sie genau machen, was ich sage“, als ich sie mit dem charmantesten „Hallo“ begrüßte, das ich in Petto hatte. Sie sah mich an. „Einen tollen Job haben Sie gemacht beim Hausl“, fügte ich hinzu.

„Danke.“ Sie schmunzelte.

„Ein super Tipp auch das mit dem Buddha.“

Sie tat verwirrt. „Bitte?“

Der Inhaber mischte sich ein. „Unverschämtheit. Sie sagten doch gerade, das mit dem Buddha sei ein exklusiver Geheimtipp!"

Ich hatte es geahnt. Loni zappelte wie eine Maus in der Falle. „Ich weiß nicht, wovon Sie sprechen", piepste sie.

Der Inhaber hingegen kam sichtlich in Fahrt. „Aber ich. Sie sagten, ein geheimes Geldversteck wäre wichtig für den geschäftlichen Energiefluss. Und ein großer Buddha in der Nähe würde die Umsätze quasi verzehnfachen."

Bingo! Darauf hatte ich gewartet. Ich klinkte mich ein. „Allerdings nur Ihren Umsatz, nicht wahr, Loni? Denn so müssen Sie während eines Einbruchs nur noch nach einem Buddha suchen. Zum Beispiel auf einem Bild."

Sie erstarrte. Ihr Blick kam einem Geständnis gleich. Ich spürte ihren Fluchtimpuls, als sie plötzlich wie ein Spielball durch die Luft flog. Walla. In nur einem Handgriff hatte sie Loni im Schwitzkasten. „Ist das dein Lieblingshobby? Anderen die Kerle ausspannen?", fauchte sie.

In einer Blitzreaktion griff Loni nach Wallas Haar. Walla schrie, trat ihr gegen das Schienbein. Jetzt ging es Schlag auf Schlag. Ich konnte mir ein Grinsen nicht verkneifen - zwei Frauen, die sich meinetwegen prügelten - und beschloss, mit der Verhaftung noch einen Augenblick zu warten.

Der verlorene Ohrring

Akten-Nr.: 06

Tatort: Düsseldorf

Rekonstruktion des Tathergangs.

Das war also Günthers Außendienst, dachte Rosita und umklammerte den fremden Ohrring so stark, dass sich die scharfkantigen Steine in ihre Handfläche bohrten. Wie oft hatte sie sich von ihrem Mann als krankhaft eifersüchtig beschimpfen lassen müssen. Wie oft hatte er ihr Verfolgungswahn unterstellt. Immer wieder verzieh sie ihm und quälte sich hinterher mit dem Gedanken, eine besessene, alte Frau zu werden. Und jetzt das.

Ihr Gefühl hatte sie also doch nicht getäuscht. Sie spürte, wie ihr Blut zu kochen begann, eine immer größer werdende Wolke aus Wut und Hass durch ihren Körper jagte. Rosita öffnete ihre Hand und sah sich das Beweisstück genauer an. Eine Dame wie sie, eine Frau mit Anstand und Stil konnte es nicht sein. Mit diesem billigen Plastik ließ sich höchstens eine dumme, naive Schnäpfe betören. Gut so. Das würde die Sache nur leichter machen.

„Wer auch immer du bist", fauchte Rosita den Ohrring an, „ich bringe dich um!"

Endlich kam Günther aus dem Haus und stieg in den Mercedes, den sie sich zur Silberhochzeit gegönnt hatten. Rosita setzte ihre Sonnenbrille auf, zog das Kopftuch über ihrer Perücke fest, ließ ihm einige Meter Vorsprung und tauchte mit ihrem kleinen Mietwagen im nachmittäglichen Verkehrsfluss unter wie eine Flocke im Schneesturm. Sie nahm die Verfolgung auf - über die Lindemannstraße, vorbei an Zoopark, ARAG-Hochhaus und dem zugefrorenen Silbersee. Am Flughafen stoppte er endlich. Ein zierliches Blondchen in Uniform rannte ihm in die Arme. Eine Stewardess?

„Du Miststück!" Rosita biss sich in den Handschuh, um nicht loszuschreien. Sie beobachtete, wie das Flittchen zu ihm in den Wagen stieg. Wie sie um die Ecke bogen und in der Tiefgarage des Maritim-Hotels verschwanden. Rositas Unterleib zog sich zusammen. Sie biss sich auf die Lippe, um den Schmerz zu verdrängen, die aufkommenden Gedanken zu ertragen. War es etwa ihre eigene Schuld gewesen? Hatte sie ihn nicht genügend geliebt? Was hatte diese kleine Schlampe, das sie nicht hatte? Lag es daran, dass sie keine Kinder kriegen konnte? Eine Träne rann über Rositas Gesicht. Was hätte sie für eine richtige Familie mit Günther gegeben.

Das Klacken der sich öffnenden Fahrzeugtüren riss Rosita aus ihren Gedanken. In Raubtierstellung beobachtete sie, wie Günther und seine Affäre aus dem Mercedes stiegen. Sie nahm die Verfolgung auf. Es gelang ihr, den beiden unbemerkt von der Tiefgarage bis vor das gemeinsame Hotel-

Zimmer zu folgen. Immer wieder spürte sie das Verlangen, sich zu enttarnen und schreiend auf sie zu stürzen. Aber sie war eine Lady. Sie wusste sich zu beherrschen. In einem kleinen Ledersessel zwischen Fahrstuhl und Treppenhaus nahm sie Platz und wartete. Sie hatte Zeit. Und einen Plan.

Zwei Stunden später verließ er das Zimmer. Adrenalin schoss durch Rositas Körper, versetzte jede einzelne ihrer Zellen in Alarmbereitschaft. Im nächstbesten Augenblick schlich sie zur der Tür, hinter die Günther zuvor mit seiner Süßen verschwunden war.

Sie klopfte. „Zimmerservice."

Das Messer in ihrer Handtasche war griffbereit. Doch kaum stand die Tür offen, griff Rosita einfach nach der Kehle der Kleinen und drückte zu. Unendlich einsame Nächte voller Wut entluden sich in ihren Händen, ergötzten sich am Überlebenskampf dieser röchelnden Schlampe. Dann kehrte Frieden ein.

Rosita warf den Ohrring auf die Leiche, verließ das Zimmer, schloss die Tür hinter sich, gab den Mietwagen zurück und ertränkte ihr überschüssiges Adrenalin in einer schäbigen Kneipe am Hauptbahnhof.

Am späten Abend wankte sie nach Hause. Ein Polizeiwagen stand vor ihrer Tür. Verdächtigten sie etwa Günther? Vor Aufregung fand sie das Schlüsselloch kaum.

Er riss die Tür auf. „Wo warst du nur?", jammerte er und fiel ihr um den Hals. Sein Gesicht war feucht.

Zwei Polizisten liefen mit gesenktem Kopf an ihnen vorbei und verließen die Wohnung mit einem hilflosen Beileidsnicken. Was war hier los?

„Es tut mir alles so leid." Günther schien sie hinter seinen rot verschleierten Augen kaum wahrzunehmen.

„Was?", lallte Rosita, das Geständnis erwartend.

„Ich habe dich betrogen ..."

Dieser Satz fühlte sich an wie ein Befreiungsschlag.

„... aber das ist zwanzig Jahre her."

Zwanzig Jahre? Blitzartig war Rosita stocknüchtern.

„Ich habe eine uneheliche Tochter." Günthers Stimme wurde von krampfhaftem Schluchzen verzerrt. Der Ohrring rutschte aus seiner Hand. „Sie wurde heute ermordet."

Nackte Tatsachen

Akten-Nr.: 07
Tatort: Karlshagen
Es berichtet: Tobias Klischke (Kriminalkommissar)

Henning ruckelte an seiner Plastik-Nerdbrille und grinste mich hämisch an. Er wusste, dass ich nackte Menschen hasste. Und dieser Mann im Strandkorb war nackt. Splitterfasernackt. Gott sei Dank hatte er das Fitness-Studio offensichtlich häufiger besucht als Henning.

„Woran ist er gestorben?", fragte ich.

„Wir wissen noch nicht einmal, wer er ist, Chef, von der Todesursache ganz zu schweigen."

Ich bückte mich nach der leeren Flasche im Sand: Wodka. „Alkoholvergiftung?", fragte ich. „Dann hätte er sich wohl erbrochen."

Im Strandkorb lag ein kleiner Rest Pizza. Ein Maiskorn, Salami, Champignon und ein winziges Stückchen Peperoni klebten darauf. „Roberto di Mafia."

Henning schaute wie ein Fisch aus der Dose.

Unmittelbar neben dem Strandkorb war ein Mülleimer. Ich öffnete den Deckel. Wusste ich es doch: ein Pizzakarton. Triumphierend zog ich ihn heraus. „Mais, Salami, Champignon und Peperoni – das war eine Pizza Roberto die Mafia." Mit Luigis Speisekarte war ich bestens vertraut. Ich deutete in Richtung der Restaurants auf der Strandpromenade. Erst jetzt bemerkte ich die vielen Gaffer. Die Schamröte schoss mir ins Gesicht.

„Alles klar, Chef?", grinste Henning.

„Die sind ja alle ..."

„Nackt? Willkommen am FKK-Strand."

In der Menschenmenge erkannte ich eine Stimme: Rita, Hennings Sekretärin. Ihr quäkendes Gesprächsorgan war unverkennbar. Sie schrie etwas wie: „Was ist passiert?" und: „... auf Urlaub hier." Bei mir läuteten sämtliche Alarmglocken. Urlaub? War sie etwa auch ...? Oh nein! Wollte ich das sehen? Hurtig fotografierte ich die Leiche mit meinem Handy, schnappte meine Sachen und flitzte zum Italiener.

Luigi klopfte sich an seiner Schürze das Mehl von den Händen und stapfte mir fröhlich entgegen. „Commissario! Pizza wie immer?"

Ich holte mein Handy hervor und zeigte ihm das Foto. „Kennen Sie diesen Mann?"

Er überlegte. „Nicht sicher. Sie wissen, hier jeden Tag Menge los."

„Er muss gestern bei Ihnen eine Roberto di Mafia bestellt haben."

„Un attimo." Er verschwand ins Büro.

Hinter mir stand die kleine Sitzbank mit Luigis heiß begehrten *I-love-Italy*-Stoffkissen. Gerade als ich mir ein wenig Entspannung gönnen wollte, kam Luigi auch schon zurück. Er winkte seine Tochter Aurora zu sich, die feurige Kellnerin mit Ohrringen, die so groß waren, dass sie andere wohl eher als Armreifen benutzt hätten. Ich merkte, wie mein Blut in Wallung geriet, als sie kurz zu mir herüberzwinkerte. Dieser Frau würde ich jede Pizza abkaufen.

Luigi winkte mich zu sich und legte einen Ordner mit der Abrechnung des Vortages auf den Tresen. „Roberto die Mafia zu Mitnehme. Gestern zweiundzwanzig Uhr zwölf, kurz vor Zumache. Hat Aurora auf Heimweg gebracht zu diese Adresse.“ Er reichte mir einen kleinen Notizzettel: *Dünencamp Karlshagen, Bereich Meer, Stellplatz fünf.*

Der Zeltplatz. Dass ich nicht gleich darauf gekommen war. Schließlich lag er direkt am Tatort. Ich schnappte mir den Zettel, bedankte mich bei Luigi und machte mich auf den Weg.

„Wir sind voll“, grunzte mich die knittrige Rezeptionistin an. Ich fragte mich, ob sie ihren Faltenrock seit dem Jahr 1930 jemals gewechselt hatte – gewaschen jedenfalls nicht. Ich zog meinen Dienstausweis und zeigte ihr Luigis Zettel.

„Parzelle fünf? Dieses Gesindel ist noch eine ganze Woche hier.“

„Gesindel?“, fragte ich neugierig.

Die Alte kniff verschwörerisch die Augen zusammen.

„Naturisten.“

„Bitte?“

„Nacktcamper“, flüsterte sie. Etwas Mundwasser hätte ihr gut getan. „Widerlich. Gestern Abend war hier Sodom und Gomorrha. Der Typ hat gezecht und sich im Suff sein Pizzasternchen Aurora ins Zelt bestellt. Das fanden seine zwei Begleiterinnen gar nicht lustig.“ Sie holte zwischen lustigen Karlshagen-Souvenirs und einem *I-Love-Italy*-Kissen einen Faltplan vom Camp hervor.

Mein Gott, Luigi war überall.

Parzelle fünf lag direkt am FKK. Ich fürchtete das Schlimmste. Aber anstatt eines Caravans mit kleiderlosen Badenixen fand ich einen geräumten Stellplatz vor. Zwei Mädels, eine mit feuerroten Locken und ein brünettes Busenwunder im Baywatch-Look, verstauten hektisch die letzten Zeltstangen.

Ich trat an die Schönheiten heran. „Sie bauen schon ab?“

Erschrocken drehten sie sich um. „Was wollen Sie?“, fragte Feuerlocke.

„Kommissar Klischke, Kriminalpolizei.“ Ich holte mein Handy hervor. „Sie kennen den Mann?“

Das Busenwunder warf einen flüchtigen Blick auf mein Display. „Noch nie gesehen.“

„Komisch, er hat sich gestern eine Pizza hierher liefern lassen ...“

Feuerlocke haderte.

„... und jetzt liegt er tot im Strandkorb.

“Sie wurde weiß wie eine Tiefseemuschel. „Simon ist tot?“

Der Tote hieß also Simon.

„Uschi!“, fauchte das Busenwunder. Dann

wandte sie sich an mich. „Hören Sie, Herr Kommissar. Um die Sache hier etwas abzukürzen: Simon war ein Arsch. Aber einer mit Geld. Und Uschi und ich hatten Bock auf einen heißen Urlaub. Dummerweise hat er sich gleich am zweiten Tag diese Italo-Tussi angelacht. Gestern hat er bei ihr Pizza bestellt. Plötzlich steht sie vorm Zelt, samt Kuschelkissen. Wir alle nackt. Und da tickt die Schlampe aus und geht voll auf Uschi los."

Feuerlocke zog ihr T-Shirt hoch. Ihr gesamter Oberkörper war übersät mit blauen Flecken. „Schließlich ist die Italofurie weggerannt und Simon mit Pizza, Kuschelkissen und Wodkaflasche hinterher. Uns langt 's . Wir hauen ab."

Kuschelkissen? Am Strand hatte ich kein Kuschelkissen gesehen, auch nicht im Papierkorb. Allerdings in der Rezeption. Ich musste unbedingt etwas überprüfen. Sofort machte ich kehrt und rannte zurück zur Pförtnerin.

„Sie schon wieder?" Ich ignorierte die Alte, schnappte mir das Kissen aus dem Souvenirschrank und schaute auf die Rückseite. Bingo.

„Was machen Sie da?"

„Ich fasse es nicht. Sie haben ihn umgebracht? Sie haben ihn mit dem Kissen erstickt."

„Humbug! Ich? Diesen starken Mann?"

Ich drehte das Kissen um und zeigte auf einen frischen, kreisrunden Fettfleck. „Ein Abdruck von Simons Pizzamund. Als Sie lauschen gingen, war er mit dem Kissen allein am Strand, sturzbetrunken und wehrlos. Da nutzten Sie die Gelegenheit. Und weil das Kissen Sie hätte verraten können, haben Sie es sich einfach als Trophäe in den Souvenirschrank gestellt."

Die Alte fletschte die Zähne. „Und? Dieser Perversling. Den ganzen Zeltplatz hat er zusammengegrölt und mit seinem Ding den Mond angewedelt. Widerlich. Wir haben Kinder hier. Dreck muss weg!"

Mir lief es eiskalt den Rücken herunter. Was, wenn das Kissen nicht ihre einzige Trophäe war? Auf dem Tresen lag ein Rest Spannleine. „Sie sind verhaftet." Ich drehte der Alten die Arme auf den Rücken, fixierte sie mit der Schnur und führte sie zum Streifenwagen.

Wasserbomben-Terror

Akten-Nr.: 08
Tatort: Lehde
Es berichtet: Roland Harzer (Privatdetektiv)

In Verbindung mit ihrer zarten, lieblichen Stimme am Telefon hatte der Name Amelie sofort märchenhafte Assoziationen in mir ausgelöst. Die Realität übertraf jede Erwartung. Amelie war eines jener Mädchen, die man beim leisesten Hauch von Gefahr einfach nur in den Arm nehmen wollte. Ihre sorbische Tracht verstärkte diesen Eindruck. Wenn so ein Mädchen ihren letzten Cent hergab, um einen Privatdetektiv wie mich in den Spreewald kommen zu lassen, musste die Bedrohung gewaltig sein. Ich bat sie, alles ganz detailliert zu schildern.

„Beim zweiten Anschlag auf meine Rundfahrten hat ein Junge direkt neben dem Kahn eine Wasserbombe ins Wasser gemacht." Sie atmete tief durch. „Ich weiß, das klingt nach einem Dumme-Jungenstreich. Aber weil danach alle Gäste wegen der Spritzer auf eine Seite drängten, ist das Boot gekentert. Es war reines Glück, dass niemand verletzt wurde."

„Kannten Sie den Jungen?"

Amelie schüttelte den Kopf und schluchzte. „Jemand will mich ruinieren, Herr Kommissar. Sie müssen mir glauben." Ich spürte, wie sie mit den Tränen kämpfte. „Ich habe solche Angst."

Vorsichtig griff ich ihre Schulter. Jede Zelle ihres Körpers bebte. „Jetzt bin ich ja da", flüsterte ich.

Ein Lächeln der Erleichterung huschte über ihr Gesicht. Sie nickte und deutete auf einen großen, abgemagerten Mann am hinteren Ende des Bootes. „Das ist Jurij, mein Kahnführer."

Mir schauderte. Zwischen Zylinder und schwarzem Anzug wirkte Jurijs bleiches Gesicht wie der Kopf eines Untoten. Ich bezweifelte, dass viele Kinder zu Amelies Gästen zählten. Jurijs tiefliegende Augen fixierten mich. Er griff an seinen Zylinder und grüßte. Irgendetwas fauchte mich an.

„Was war das?", schoss es aus mir heraus.

Amelie erstarrte.

Jurij lachte, gab ein neckisches „Miau" von sich und nickte zum benachbarten Gebüsch. Beruhigend strich ich Amelie über den Arm. „Natürlich", sagte ich. „Nur eine Katze." Amelie entspannte sich wieder. Ich musste dringend mein Temperament zügeln und Sicherheit ausstrahlen.

Auf der anderen Seite des Kahns saß ein alter Mann. „Das ist Pawol, mein Vater", sagte Amelie.

Ich hob die Hand zum Gruß. Pawol aber starrte mich mit leerem Blick an. Speichel lief über sein knochiges Kinn. „Oh weh, oh weh", murmelte er.

Amelie kam näher. „Pawol ist dement. Jurij hat ihn beim Steuern im Blick." Sie berührte mich.

Ihre Haut duftete nach Rosenblüten. Und ihre leise Stimme zauberte ein wohliges Kribbeln auf meine Haut, als sie mich fragte: „Wo wollen Sie sitzen?“

„In Ihrer Nähe.“

Mit den Augen eines scheuen Rehs sah sie mich an. Ich spürte, wie mir die Schamröte ins Gesicht schoss. „Aus Sicherheitsgründen“, fügte ich hinzu.

Amelie bot mir einen mittigen Platz in Fahrtrichtung an, zupfte die Rüschen ihrer Bluse zurecht und nahm mir gegenüber Platz. Jurij machte das Boot los, stach mit seiner Ruderstange ins Wasser und stakte uns ins Abenteuer.

Wie ein treibendes Stück Holz glitten wir durch den Kanal. Farbenprächtige Schmetterlinge umflatterten uns zum Naturorchester aus Gequake und Gezirpe. Sonnenstrahlen brachen sich im Tanz der Wellen, die der Kahn über das Wasser trieb. Friedliche Stille. Zwischen dem dichten Grün der Wasserlandschaft und den hölzernen Reetdachhäusern wirkten die Lehder Bewohner auf mich wie Menschen aus einer versunkenen Welt.

Ein Kahn der Konkurrenz kreuzte unsere Fahrlinie.

„Kratz ab!“, schnalzte Pawol hinter mir.

„Er tut nichts“, entschuldigte sich Amelie. „Ich wollte ihn nur nicht alleine zu Hause lassen.“

Ich bemerkte ihre zitternden Hände. Amelies Panik passte nicht an diesen märchenhaften Ort. „Ich habe Angst, dass ihm etwas zustößt“, flüsterte sie. „Mein Vater war einer der ersten Kahnführer hier. Er hat sich zu DDR-Zeiten unter der Hand ein kleines Vermögen erarbeitet. Dieser Kahn trägt seinen Namen." Sie schluckte. „Das Unheimliche ist: Beide Anschläge waren gegen diesen Kahn gerichtet."

Sie tat mir leid. „Wir kriegen die Schurken."

„Abmurksen", grummelte Pawol.

Amelie lächelte gezwungen.

Ich hörte eine Melodie. Auf der Holzbrücke vor uns stand ein junger Mann mit einem Flechtkorb und spielte Blockflöte. Ich schloss die Augen und lauschte.

„Oh nein!", riss mich Pawol aus meinen Gedanken.

Völlig aus dem Nichts heraus, fiel ein langes Ding auf meine Schultern. Amelie sprang auf und schrie. Der Kahn schaukelte bedenklich. Das Ding bewegte sich, wand sich um meinen Hals. Fauchte. „Eine Schlange!" Reflexartig riss ich mir das Tier vom Leib. Die Ringelnatter blähte sich drohend auf und hetzte durch den Kahn.

„Sitzen bleiben!", rief Jurij.

Zu spät. Das wild wippende Boot verlor die Balance und patschte auf die Seite. Wasser lief mir in Ohren und Augen. Ich kämpfte mich an die Oberfläche zurück. Dabei schwappte mir der Zylinder des Kahnfahrers ins Gesicht. Er stank bestialisch. Amelie griff nach mir. Völlig im Schock zog sie mich immer wieder unter Wasser. Ich packte sie und kämpfte mich mit ihr ans Ufer. Geschafft. Aber wo war Jurij? Ich drehte mich um und sah ihn unter den Kahn tauchen. Ein lebloser Körper trieb an die Wasseroberfläche: Pawol, Augen und Mund weit aufgerissen. Er war tot.

„Nein!“, brüllte Amelie, dass es mir durch Mark und Bein ging.

Wie konnte das passieren? Passanten eilten herbei, um zu helfen. Auf der Brücke stand der Flötenspieler und glotzte auf uns herab.

„Das ist doch der Junge! Das ist der Junge, der damals neben Pawols Kahn ins Wasser gesprungen ist!“, schrie Amelie.

Er drehte sich um und rannte davon. Ich sprintete hinterher, über die Brücke, an der Kasse des Freilandmuseums vorbei, in einem Satz über das Drehkreuz. Zwei Männer in bayerischen Lederhosen passierten den Flötenspieler. „Haltet ihn!“, schrie ich sie an.

Geistesgegenwärtig stellte ihm der eine ein Bein. Der Junge stürzte.

„I hoab den Buam!“

Der Zweite verdrehte ihm den Arm und drückte ihn gegen die Museumshütte.

„Lassen Sie mich los!“

„Hoit dei Fotzn!“

Stinksauer packte ich den Jungen am Kragen.

„Ich bin unschuldig.“

„Warum rennst du dann davon?“

„Die Kahntante ist doch völlig durchgeknallt. Die Wasserbombe damals, das war doch nur eine dumme Mutprobe."

Ein Museumsangestellter eilte herbei. „Lassen Sie ihn. Der gehört zu uns. Er lockt mit der Flöte die Touristen ins Museum." Er zog den Jungen beiseite. „Was hast du schon wieder angestellt, verdammt?"

Der Junge brach in Tränen aus. „Gar nichts."

Plötzlich fauchte es wieder. Ich zuckte zusammen und suchte den Boden ab. Anscheinend wimmelte es hier von wilden Katzen. Nur sah ich sie nie.

„Hilfe! Oa Nodda!" Die beiden Touris nahmen Reißaus. Der Flötenspieler erstarrte. Vorsichtig drehte ich mich um. Vom Giebel der Blockhütte hing eine Ringelnatter herunter und fauchte mir ins Gesicht. Wieder biss mir dieser unglaublich üble Geruch in die Nase.

Der Museumsmitarbeiter beruhigte mich. Behutsam nahm er das Tier und legte es ins Gras. „Keine Angst. Die gibt's hier haufenweise. Sie sind harmlos. Aber wenn die Tiere sich bedroht fühlen, dann scheiden sie ein stinkendes Sekret aus."

Mein Detektivsinn meldete sich zurück. Ich kombinierte: Von wegen Katze - Gestank und Fauchen gleich Natter. Hatte ich mich wirklich so blenden lassen? „Mitkommen!" Ich packte den Jungen und zerrte ihn zurück zum Tatort.

In der Zwischenzeit hatte sich eine aufgebrachte Horde von Schaulustigen angesammelt. „Da ist er!" Amelie schickte mir zwei Männer der Wasserschutzpolizei entgegen.

„Nicht!“, entgegnete ich. „Der Junge ist unschuldig.“

Sie hielten inne.

Ich trat an Amelie heran. „Jurij hatte die Schlange im Zylinder versteckt, nicht wahr?“ Sie sah mich überrascht an. „Deshalb das mysteriöse Fauchen, als er den Hut beim Gruß berührte. Deshalb der üble Geruch im Hut.“

Der Spreewald verstummte. Alle Blicke richteten sich auf mich. „Dachten Sie, wenn ich live dabei bin, falle ich darauf herein, beschuldige den armen Jungen und halte den Tod Ihres Vaters für einen Unfall?“

Die Gaffermenge raunte.

„Jurij hat mir die Schlange von hinten ins Kreuz geworfen, damit ich vor Schreck den Kahn zum Kentern bringe. Dann haben Sie mich mit Ihrer Paniktour im Wasser abgelenkt, und Jurij hat währenddessen Ihren Vater ertränkt.“

Schlagartig war jegliche Unschuld in Amelies Anmut verschwunden. Sie bebte jetzt vor Zorn.

Ich hatte ins Schwarze getroffen. Also fuhr ich mit meiner Theorie fort. „Der Junge mit der Wasserbombe war das gefundene Fressen für Sie. Sie wussten, dass er hier auf der Brücke sein würde, um die Touristen ins Museum zu locken. Eiskalt nutzten Sie ihn für Ihre Inszenierung. Warum? Um endlich an das kleine Vermögen zu kommen, das Ihr Vater sich in der DDR angespart hat?“

Amelies Gesicht lief rot an. Ihre Augen verengten sich zu kleinen Schlitzen. „Dieser sabbernde Geizhals“, platzte es aus ihr heraus. „Nichts hat er mir gegönnt, gar nichts!“

„Amelie und Jurij, ich beschuldige Sie des gemeinschaftlichen Mordes an Pawol.“ Ich genoss den Applaus der Menge und überließ den Rest der Wasserschutzpolizei.

Feurige Eifersucht

Akten-Nr.: 09
Tatort: Tegernsee
Es berichtet: Dietmar Steiner (Kriminalkommissar)

Ich blickte auf starres, verkohltes Fleisch. In all den Jahren war mir viel untergekommen. Aber das? Es hätte ein perfektes Klosterhoffest werden können. Seit wenigen Tagen kitzelte die lang ersehnte Sonne endlich die ersten Blüten aus den Fliederbäumen. Die Gästezimmer der Umgebung füllten sich, und unerschrockene Wasserfanatiker zogen ihre ersten Bahnen durch den Tegernsee. Doch nun überdeckte der Gestank der bis zur Unkenntlichkeit verbrannten Feuerjongleurin den Geruch von Bratwurst und frischen Crêpes. Dazu das hysterische Gemecker der aufgeschreckten Ziege, die direkt beim Unglück dabei gewesen war. Irmel, die Ziegendompteurin, kraulte ihr den Nacken.

Ich überlegte, wen sie eher damit zu beruhigen versuchte - ihre Ziege oder sich selbst. „Wie konnte das passieren?“, fragte ich.

„Das Feuer gehört zur Show.“ Mit zitterndem Kopf reckte die Ziege ihren Hals in Richtung eines grünen Strauches. Irmel zog sie zurück und drückte die Ziege fest an sich. „Immer, nachdem Duretta mit den Feuerkugeln jongliert hat, entzündet sich ihr Kostüm. Unser Zauberer Utz nimmt dann den Eimer, löscht sie und ruft: ‚Sie ist so heiß, dass sie Feuer fängt.' Aber diesmal ..." Ihr versagte die Stimme.

Den Rest kannte ich ohnehin. Die Stichflamme hatte man bis zum Westerhof-Hotel gesehen. Durettas Schreie und das Weinen der Kinder im Publikum würden mir für immer im Gedächtnis bleiben. Warum hatte niemand bemerkt, dass sich anstatt des Löschwassers Paraffinöl im Eimer befand? „Haben Sie eine Erklärung für das Unglück?", fragte ich erneut.

Irmel zuckte die Schultern. „Vielleicht Selbstmord?" Mit angelegten Ohren leckte die kleine Ziege Irmels Hände. Sie waren mit Pusteln übersät.

Ich stutzte. Pusteln von der Hitze? Aber warum war ihr Kleid dann unversehrt? „Selbstmord?", hakte ich nach. „Wie kommen Sie darauf?"

„Endres, unser Stuntman, hat sie vor ein paar Wochen verlassen." Schlagartig füllten sich ihre Augen mit Wasser. „Wegen mir. Ich hätte es wissen müssen. Sie war meine beste Freundin." Die Ziege schleckte Irmel die Tränen von der Wange.

Ich überlegte. Eine inszenierte Selbstverbrennung hielt ich für unwahrscheinlich. „Wo ist dieser Utz?", fragte ich.

Irmel deutete auf das Zelt neben der Bühne.

Ich nickte dankend und machte mich auf den Weg. Diesem Utz musste ich dringend ein paar Fragen stellen.

Nomen est omen, dachte ich. Utz war gerade mal so hoch wie sein Name lang war. Zusammengekauert saß der dicke Zwerg auf seinem Klappstuhl und klammerte sich an eine Flasche Doppelkorn. Ich zeigte meinen Dienstausweis. „Steiner, Polizei Bad Tölz."

Er blickte mich an. Sein rundes Gesicht wirkte wie eine überreife Honigmelone. Die Augen waren aufgequollen und seine Nase schlodderte. „Ich wollte das nicht", winselte er vor sich hin.

Auf dem Tisch lagen Flyer der Klosterfestspiele. Erst jetzt, bei genauerem Hinsehen, entdeckte ich auch diesen Utz auf dem Werbemotiv. Er war sogar extra angepriesen worden: *Der preisgekrönte Illusionist und Feuerspucker Utz.* Dennoch: Neben der atemberaubenden Schönheit der spanischen Feuertänzerin Duretta hatte ich ihn auf den Plakaten in der Innenstadt völlig übersehen. Was für eine Last es sein musste, ständig im Schatten einer anderen Künstlerin zu stehen. Mein Blick blieb an dem Wort *Feuerspucker* hängen. Arbeiteten Feuerspucker nicht mit Paraffinöl? Utz schien in meinen Gedanken zu lesen.

„Sie denken, ich war es. Aber das stimmt nicht."

„Wieso sollte ich das denken?", fragte ich den Mann.

Utz trank einen großen Schluck. „Irmels Ziege hat während der Show den Eimer mit dem Löschwasser umgestoßen. Also bin ich hierher in das

Vorbereitungszelt gerannt, um ihn aufzufüllen. Als ich jedoch sah, dass dort bereits ein anderer voller Eimer stand, habe ich in der Eile einfach den genommen. Aber der ...“ Utz schnäuzte sich die Nase.

„Ich weiß“, sagte ich. „Paraffinöl.“

„Ich hätte mit Grippe nicht arbeiten dürfen.“ Der Doppelkorn zeigte seine Wirkung. Wie aus dem Nichts rülpste Utz mit der Wucht eines wild durch die Luft knatternden Luftballons.

In der Mitte des Tisches stand ein vollbepackter Catering-Teller. Auffordernd schob ich ihn in seine Richtung. Dieser Kerl musste anstelle des Doppelkorns dringend etwas Festes in den Magen bekommen. Es funktionierte. Wie auf Kommando erstickte er seinen Kummer mit einer eingelegten Salatgurke.

„Duretta“, schmatzte er genüsslich, „die konnte essen, was sie wollte. Die letzten Wochen wurde ihr Geschmack immer absurder. Schauen Sie: saure Gurken mit Nutellabrot.“ Ihn schien es allerdings nicht weiter zu stören.

Ich ließ ihn futtern und untersuchte den leeren Wassereimer. Pflanzenreste klebten an seiner Unterseite – und Reste von Tesafilm. „Mist!“, fluchte ich. Stechende Brennnesselhaare fraßen sich in meine Hände. Neben dem Eimer lag ein Rucksack.

„Der ist von Duretta“, rülpste Utz und griff nach einem weiteren Brot: mit Bismarckhering. Wenn dieser Teller wirklich von Duretta war, schien mir ihr seltsamer Appetit in der Tat etwas auffällig. Meine Hände juckten. Ich rieb sie kurz aneinander und sah in den Rucksack neben dem Eimer. Darin fand ich Baldriantabletten, Ingwerkapseln und einen Brief. Ich faltete ihn auseinander und las: *Die kannst du bedenkenlos gegen die Übelkeit nehmen. Irmel.* Ich überlegte: einerseits übermäßiger Appetit auf die verrücktesten Sachen, andererseits Übelkeit. War Duretta etwa ...

„Was machen Sie da?" Ein Ritterkostüm quietschte in das Zelt hinein und riss mich aus meinen Gedanken. „Raus hier!", schepperte es mir entgegen.

Das musste der Stuntman sein, von dem mir Irmel erzählt hatte. Ich steckte den Brief ein und zog meinen Dienstausweis. „Sie sind Endres?"

Er nahm seinen Helm vom Kopf und klemmte ihn unter seinen rechten Oberarm. Zwischen Ballonbizeps und V-Rücken konnte man das Blech förmlich schreien hören.

„Sie waren mit Duretta zusammen?", fragte ich.

Für eine Sekunde lösten sich die Zornes-Furchen in Endres′ Gesicht. „Meine arme Maus." Das Blut schoss ihm in den Schädel. „Ich habe sie immer gewarnt vor diesem Möchtegern-Zauberer mit seinen billigen Lasso-Tricks. Lächerlich. Das hat sie nun davon. Er hat sie nur benutzt!" Endres packte seinen Helm und holte zum Wurf aus. Utz quiekte wie ein Schwein im Schlachthof.

Stopp!", fuhr ich dazwischen. Augenblicklich herrschte Stille.

Das Jucken in meinen Händen wurde unerträglich. Bei näherem Hinsehen fiel mir auf, dass beide Handflächen mit Pusteln übersät waren. Pusteln?, dachte ich. Wie vom Blitz getroffen rannte ich aus dem Zelt, direkt zu Irmels Ziegen-Stand. Ich untersuchte den grünen Strauch, nach dem die Ziege zuvor so gierig ihren Kopf ausgestreckt hatte. „Tatsächlich. Brennnesseln!"

„Was machen Sie da?" Irmel glotzte mich verwundert an. Ich griff nach ihrer Hand und deutete auf die gerötete Haut.

„Sie haben die Pusteln gar nicht vom Feuer."

„Wovon reden Sie?"

„Ich dachte, Sie hätten sich die Hände verbrannt, weil Sie Duretta helfen wollten. Aber dem ist gar nicht so." Ich zeigte ihr meine Hände. „Sie haben die Pusteln aus demselben Grund wie ich. Nämlich von den Brennnesseln, die Sie unter den Löscheimer gelegt haben."

Irmel erblasste.

Ich hingegen kam erst so richtig in Fahrt. „Diese Ziege ist verrückt nach Brennnesseln. Sie wussten, dass sie den präparierten Eimer umstoßen würde, um an sie heranzukommen. So war Utz gezwungen, den Eimer noch während der Show auszutauschen."

Irmel stotterte. „Blödsinn. Utz hätte das Paraffin riechen müssen."

„Er war in Eile. Und er ist verschnupft. Er konnte es nicht riechen. Und das wussten Sie."

Irmels Stimme überschlug sich. „Das ist eine

Unterstellung. Ich habe gar kein Motiv!“

„Sie lieben Endres.“

„Ja, und?“ In ihrer Wut klangen Irmels Worte wie hysterisches Ziegengemecker. „Endres hat Duretta für mich verlassen. Er wäre nie zu ihr zurückgegangen.“

„Es sei denn, er hätte erfahren, dass Duretta von ihm schwanger war.“

Irmel zitterte wie ein berstender Vulkan.

„Durettas seltsame Essgewohnheiten, ihre Übelkeit. All das waren eindeutige Zeichen.“ Ich holte den Brief hervor. „Und Sie wussten davon, denn Sie haben ihr die Kräuterpräparate besorgt.“

Mit einem Satz drehte Irmel sich um, öffnete das Ziegengehege, brüllte das Kommando „Stoß ihn!“ und rannte den Berg hinunter.

Ich setzte ihr nach. Hinter mir ein meckerndes Hörnermonster. Mitten auf der Wiese lag der andere Eimer. Ich schnappte ihn und warf ihn der wilden Ziege über den Kopf. Panisch bockte sie im Kreis. Utz polterte auf mich zu. Er riss den Arm in die Höhe. Sein Lasso zischte über meinen Kopf hinweg und schlang sich um Irmels Oberkörper. Sie stürzte. Brüllend zog Utz das Seil fest.

„Billige Lasso-Tricks? Ha!“ Ich klopfte ihm auf die Schulter. „Gut gemacht.“

Die einzige Zeugin

Akten-Nr.: 10
Tatort: München
Es berichtet: Jonas Hirschinger (Polizist)

„Schädelfraktur und mehrere Knochenbrüche.“ Der Notarzt deutete auf Blutspuren an der Mülltonne. „Vermutlich ist sie erst hier aufgeschlagen und dann auf dem Boden.“

Das Fenster in der dritten Etage stand weit offen. Häufig hatten Selbstmörder einen Hang zur Dramatik. Warum war Frau Fonda also in den Hinterhof gesprungen und nicht auf die belebte Hohenzollernstraße? Ich forderte die Kripo an. In der Zwischenzeit hatte ich wieder mal die Arbeit am Hals: Zeugen vernehmen, nach einem Abschiedsbrief suchen, und wenn die Kollegen dann endlich eintrafen, hatte ich die Sache wahrscheinlich schon wieder so gut wie erledigt. „Wer hat sie gefunden?“, fragte ich.

Der Notarzt deutete auf eine kleine Frau im Putzkittel, die vor dem Hinterausgang mit einer angeknitterten Solariumschönheit diskutierte.

Ich ging zu den beiden hinüber. „Hirschinger“, Polizei München. „Sie haben die Tote gefunden?“

Die Putzfrau nickte und knüllte hektisch ein Formular in ihre Kitteltasche. „Schrubber heiß ich. Äh ...“

„Frau Schrubber kommt jeden Montag für die Treppenhausreinigung“, warf die Solariumdame ein.

„Sie sind?“

„Bernadette Zimmer. Mir gehört das Mietobjekt. Ich war gerade beim Friseur, als Frau Schrubber mich über den Suizid informierte.“

„Was ist das für ein Dokument, wenn ich fragen darf?“

Die Putzfrau senkte ihren Kopf und reichte mir reumütig das Papier. Ich traute meinen Augen nicht. „Ein Mietvertrag?“

„Na ja“, stammelte sie, „Sie wissen doch, wie das in München hier ist. Mein Sohn findet ja nichts. Und jetzt, wo die da matsch ist ...“

„... hat Frau Zimmer direkt einen Mietvertrag für Sie parat?“

Noch ehe sie antworten konnte, joggte ein sportlicher Jüngling in den Hinterhof.

„Hasimausi!“ Schluchzend warf sich Frau Zimmer um seinen Hals. „Endlich. Du sollst doch nicht joggen mit deinem schlimmen Finger.“

Joggen? Anstelle von Schweißperlen hatte der Gute Brotkrümel im Dreitagebart. Nach hartem Training sah das nicht aus. Abgesehen davon – so wie er mit seiner rechten Hand in ihren Zellulitishintern griff, konnte die Verletzung an dem verbundenen Ringfinger nicht verheerend sein.

„Meine Frau übertreibt.“ Er nickte mir zu. „Josef Zimmer mein Name." Als er die Leiche erblickte, wich er mit einer dramatischen Geste zurück. „Was ist denn hier passiert?"

Frau Zimmer schluchzte. „Sie hat sich umgebracht."

„Besser so", grunzte die Putzfrau. Herr und Frau Zimmer sahen sie erstaunt an.

„Ist doch wahr. Einer muss es ja mal aussprechen. Hat doch nie Miete bezahlt, das Ding." Sie schüttelte erbost den Kopf. „Die war doch nur noch hier, weil Sie Ihnen so schöne Augen gemacht hat."

„Frau Schrubber!", schimpfte Herr Zimmer.

„Ist doch wahr. Völlig krank im Kopf, das Ding. Ich hab doch die Tablettenschachteln im Müll gesehen, jede Woche. Die arme Lulu war schon völlig verstört."

Ich spitzte die Ohren. „Wer ist Lulu?"

Frau Zimmer kniff erbost ihre Augen zusammen. „Louanne Lulu, das gefräßige Dreckstück."

Die Putzfrau riss entsetzt die Augen auf. „Oh Gott. Was rede ich. Daran habe ich gar nicht gedacht." Sie schlug ihre Hände vors Gesicht. „Wie entsetzlich. Wahrscheinlich musste die Kleine alles mit ansehen!"

Mit ansehen? Da war noch jemand in der Wohnung? Ein kleines Mädchen etwa? Unter diesen Umständen durften wir keine Zeit verlieren. Ich forderte Frau Zimmer auf, mir den Weg zur Wohnung zu zeigen. Rasch sprinteten wir die Treppen hinauf, die Putzfrau und der Brötchen-Jogger hinter uns.

Ich klopfte. Niemand antwortete. Der Jogger tippte mir auf die Schulter. „Meine Frau hat einen Notschlüssel."

Frau Zimmer zog ihn aus der Tasche.

„Halt!" Wenn es sich um einen Mord handelte, waren vielleicht noch Spuren des Täters am Türknauf. Ich brauchte Handschuhe oder etwas Ähnliches. „Ein Tuch, schnell!"

„Aber natürlich!", antwortete die Putzfrau, zog eins aus der Tasche und polierte in Windeseile den Knauf.

„Nein!" Zu spät. Fluchend öffnete ich die Tür und zog meine Waffe.

Das reinste Chaos, Schubfächer waren auf den Boden geschleudert worden, Regale leergefegt. Hier war eindeutig nach etwas gesucht worden. Und wenn die Putzfrau mit ihrer Vermutung recht behielt, war Lulu die einzige Zeugin. Wenn der Täter das wusste, schwebte sie in Lebensgefahr. „Lulu?" Ich lauschte. Niemand antwortete.

Frau Zimmer zischte mir ins Ohr. „Wenn Sie das Miststück entdecken, schießen sie!"

Ich erstarrte vor Schreck. Hatte ich richtig gehört? Plötzlich warf sich die Putzfrau zu Boden. „Oh mein Gott, sie steht völlig unter Schock!"

Ich senkte meinen Kopf und erblickte eine kleine, zitternde, französische Bulldogge. Sie jaulte, verdrehte die Augen und presste dem Jogger eine fette Wurst vor die Füße.

„Igitt", schrie Frau Zimmer. „Machen Sie das weg!"

Alle blickten mich erwartungsvoll an. Typisch. Immer blieb die Scheiße an mir hängen. Am Schlüsselbrett hingen Gassibeutel. Ich nahm mir einen und griff nach dem Kot. Lulus Haufen fühlte sich seltsam fest an. Verdutzt sah ich in den Beutel. Ein Ring?! Lulu hatte einen Ring verschluckt? Ohne weiter darüber nachzudenken, zog ich ihn aus dem Häufchen.

„Hasimausi ... dein Ehering?"

„Das Mistvieh hat ihn gefressen, als ich gestern ...?", der Rest des Satzes blieb dem Jogger in der Kehle stecken. Frau Zimmer und die Putzfrau glotzten ihn sprachlos an.

Jetzt standen mir die Zusammenhänge klar vor Augen. „Sie hatten eine Affäre mit der Toten, nicht wahr? Bei Ihrem letzten Besuch haben Sie den Ring verloren. Und weil Sie Angst hatten, ihre Frau würde es bemerken, haben Sie sich einen Verband angelegt und eine Verletzung vorgetäuscht."

Herr Zimmer stotterte ein paar unverständliche Laute.

„Sie verdächtigten Frau Fonda", kombinierte ich weiter. „Aber sie hatte den Ring nicht. Im Streit haben Sie sie aus dem Fenster gestoßen und panisch die Wohnung nach dem Ring durchwühlt. War es nicht so? Das Joggingoutfit ist nur Maskerade. Sie sind zum Vordereingang raus und einmal kurz um das Haus gejoggt, um ein Alibi vorzutäuschen. Deswegen auch keine Schweißperlen auf der Stirn."

Herr Zimmer flüchtete. Schritte im Hinterhof. Die Kollegen der Kripo!

„Täter auf der Flucht", brüllte ich aus dem Fenster. „Festnehmen!"

Schon schoss er aus der Hintertür. Sie warfen sich auf ihn und legten ihm Handschellen an. Es war wie immer: Die Kollegen ernteten die Lorbeeren, und ich hatte den Dreck an den Händen.

Das Geisterschiff

Akten-Nr.: 11
Tatort: Heringsdorf
Es berichtet: Josef Totengräber (Kriminalkomissar)

Ein Schrei. Sarah! Die Stimme meiner kleinen Nichte war unverkennbar. Das arme Kind. Verzerrtes Gelächter folgte. Heulen. Ich blickte auf die Lefzen der Wolfsfratze. An den vorderen Schneidezähnen hing Blut. Wie dicker, klumpiger, schwarzroter Honig. Ein Knurren. Dazu der Geruch von verbranntem Fleisch. Sofort musste ich an mein Versprechen denken. Schon beim Gedanken daran wurde mir übel. Wieder ein Schrei. Gepolter. Als würden die Bretter eines morschen Regals ineinander krachen. Der Drachenkopf über mir hustete Feuer. Dann endlich stieß Sarahs Wagen die Tore der Ausfahrt auseinander, ruckte um die Kurve und quietschte zurück in die Station der Geisterbahn. Die Wucht der Bremsen schubste Sarah und ihre Mutter nach vorn, was die Kleine umgehend mit einem erneuten Schrei kommentierte. Noch immer presste sie ihre Hände fest vor ihre Augen, dicht an ihre Mutter gekauert.

Ich kniete mich neben die beiden. „Buh!"

Sarah schrie wie am Spieß. Meine Schwester lachte und zwickte ihre Tochter in die Seite. Endlich wagte die Kleine einen Blick.

„Onkel Josef!“ Ihre Augen strahlten. „Hast du mich über den Lautsprecher schreien gehört?“

Ich nickte.

Meine Schwester rieb sich demonstrativ die Ohren. „Ich auch!“

Sarah winkte mich zu sich herab und flüsterte mir ins Ohr. „Ich höre auch manchmal Schreie. Aber das darf ich nicht sagen. Mama sagt, das sind Gespenster.“

Ein Schauer lief mir über den Rücken. Ich versuchte, Sarahs Geschichte unter der Kategorie kindliche Fantasie abzuhaken.

Sarah quiekte. „Und jetzt eine Bratwurst.“

Ja, die Bratwurst. Den Oma-hat-was-im-Ofen-vergessen-Geruch hatte ich schon fast wieder verdrängt.

„Musst du nicht eigentlich längst im Bett sein?“

„Mama! Wir wollten doch auf Papa warten. Und außerdem ...“ Sarah hob den Zeigefinger. „Ich esse jedes Jahr auf dem Frisbeeker Hafenfest eine Bratwurst.“

Hätte mein Magen Beine, wäre er auf der Stelle davongerannt.

„Versprochen ist versprochen“, erinnerte mich Sarah. Schon zerrte mich ihre kleine Hand zum Nachbarstand, direkt am Hafenbecken. Kinderfantasie muss etwas Wunderbares sein, dachte ich, als meine Nichte den verkohlten Stummel mit Weißbrot anhimmelte. „Für deine bestandene Mutprobe“, sagte ich und betete, dass der Verkäufer seine

Zahnlücke nicht vom Biss in seine Rostbratwürste hatte. Ich lenkte mich mit einem Blick auf die Ostsee ab.

„Ich kann dir auch sagen, wo sie herkommen", schmatzte Sarah. Mit einem kurzen Blick vergewisserte sie sich, dass ihre Mutter ihr gerade nicht zuhörte. „Die Gespenster."

„Tatsächlich?", staunte ich.

Die Kleine biss erneut zu. „Ja!" Eine Mischung aus Ketchup und Senf klebte zwischen ihren Zähnen. Hier und da ein schwarzer Fleischbrocken. Ich musste an die Wolfsfratze denken.

„Von da draußen." Mit ihrem Zeigefinger deutete sie auf den dichten Nebel, der wenige Meter vor dem Hafen über den Wellen hing. Für einen Augenblick ertappte ich mich dabei, wie ich mir eine Horde von Zombies vorstellte. Einer nach dem anderen krochen sie aus dem Nebel heraus, die fauligen Zähne gierig aufeinander reibend.

„Papa!", riss mich Sarah aus meinen Gedanken.

Tatsächlich. Wenige Meter von uns entfernt tauchte Franz aus der Menschenmenge auf. Ich winkte zu ihm hinüber. Doch er reagierte nicht. Sein Blick war starr in Richtung Meer gerichtet. Dann ein hysterischer Schrei. Sarahs Wurststummel stürzte zu Boden. Reste aus ihrem Mund schossen durch die Luft. Die Kinderhände krallten sich panisch in Sarahs Wangen, verschmierten sie mit rotem Ketchup.

Ich folgte Sarahs Blick. Ein Kutter stieß aus der Nebelwand hervor. Führerlos. Nach und nach bemerkten auch die restlichen Hafenfestbesucher das Bild. Wie unter Massenhypnose blickten alle hinaus aufs Wasser. Schon krachte der Kutter gegen die Kaimauer und knirschte mit diesem schrecklichen Fingernägel-auf-einer-Schultafel-Geräusch den Beton entlang.

„Verdammt!“, rief Franz. Er sprintete zum Boot und hechtete an Board. Zwei weitere Männer wollten ihm folgen. Doch die Spalte zwischen Kaimauer und Kutter war bereits wieder zu groß. Franz stürmte in das Führerhäuschen, immer wieder den Namen „Timmy“ rufend. Schließlich verschwand er unter Deck.

Sarah flüsterte. „Das ist das Geisterschiff.“

Ihre Mutter reagierte nicht. Binnen eines Atemzuges war jegliche Farbe aus ihrem Gesicht verschwunden. Ihre Lippen bebten. Das letzte Mal hatte ich meine Schwester so gesehen, als wir den leblosen Körper unserer Katze an der Bundesstraße gefunden hatten. Eine böse Vorahnung überkam mich.

Im selben Augenblick erschien Franz wieder an Deck. Der Ausdruck in seinen Augen sprach Bände. Während meiner Zeit als Kriminalkommissar, hatte ich in Gesichtern lesen gelernt. Franz‘ Augen verrieten, dass etwas Schreckliches passiert war. Etwas, das ihn in seinem Inneren zutiefst erschüttert hatte.

Der Klang seiner Stimme bestätigte meine Vermutung. „Timmy ist verschwunden“, rief er. „Wir müssen ihn suchen!“ Er warf den Motor an und wendete den Kutter. Dann verschluckte ihn der Nebel.

Eine Träne rann über die Wange meiner Schwester. „Timmy!“ Ihre Stimme erstickte in einem lauten Schluchzen.

Sarah löste sich aus den Armen ihrer Mutter. „Was ist mit Timmy?“

Ich nahm Sarah an die Hand. „Er ist aus dem Boot gefallen. Und jetzt fährt dein Papa aufs Meer ihn suchen.“

„Kann er denn nicht schwimmen?“

Ich bemühte mich, mir Sarah gegenüber nichts anmerken zu lassen. So unauffällig wie möglich griff ich nach der Hand meiner Schwester, wie ich es damals an der Bundesstraße getan hatte. „Oh doch. Sicher kann er schwimmen. Sehr gut sogar.“

Weitere Boote setzten sich in Bewegung. Ein Suchtrupp im Dunkeln? Bei diesem Nebel? Ich war ja Optimist. Aber wie sehr ich es meiner Schwester auch wünschte. Für ihren besten Freund Timmy hatte ich keine Hoffnungen mehr.“

Ich sollte recht behalten. Franz‘ Bemühungen waren vergebens gewesen. Ein Wanderer fand Timmys Leiche einen Tag später am Ahlbecker Strand. Die Ostsee-Zeitung schrieb, dass er zum Zeitpunkt des Todes mehr als zwei Promille Alkohol im Blut hatte. Man schlussfolgerte daraus, dass er betrunken ins Meer gestürzt und ertrunken sei. Damit war die Sache für die Polizei abgeschlossen. Was die Presse natürlich nicht davon abhielt, das Thema weiterhin auszuschlachten. Dass das Boot nach Timmys Tod wie von Geisterhand allein zurück in den Hafen getrieben war, füllte noch Tage später die Schlagzeilen sämtlicher Lokalzeitungen.

Aber auch meine innere Stimme wollte und wollte nicht zur Ruhe kommen. Ob es daran lag, dass es mich quälte, meine Schwester und ihren Mann unter dem Verlust eines guten Freundes leiden zu sehen? Oder ob es mein kriminalistischer Instinkt war, der mehr hinter der Sache vermutete? Ich wusste es nicht. Jedenfalls war es meine Nichte Sarah, die mich wenige Wochen später bei einem Spaziergang wieder zurück zu ihrem „Geisterschiff“ lockte.

Noch immer klebte ein Polizeisiegel über der Tür zum Führerhäuschen. Timmys Witwe und auch Franz und meine Schwester weigerten sich, das todbringende Schiff zu betreten. Mittlerweile stand es zum Verkauf. Aufgrund seiner zweifelhaften Popularität hatte sich bisher jedoch noch kein einziger Interessent gemeldet. Ich spürte, wie der bloße Anblick in mir das Verlangen auslöste, an Board zu gehen und mich umzusehen.

Sarah zupfte an meinem Fingern. „Ist Onkel Timmy jetzt auch ein Gespenst?“

„Nein, Onkel Timmy ist kein Gespenst“, antwortete ich. „Onkel Timmy ist im Himmel.“

„Kommen Gespenster nicht in den Himmel?"

Eine gute Frage. Ich zuckte mit den Schultern. „Wahrscheinlich wollen sie nicht."

Sarah hob die linke Augenbraue. Ich mochte es, dass sie sich nicht so schnell zufriedengab. Eines Tages könnte aus ihr eine prima Kommissarin werden. „Oder sie dürfen nicht. Weil sie etwas Böses getan haben. Vielleicht warten sie aber auch noch auf jemanden, der sie mit in den Himmel nimmt."

Sarah legte ihren Zeigefinger an ihre Unterlippe und nickte. „Dann hat Onkel Timmy die anderen Gespenster bestimmt auch mit in den Himmel genommen."

Jetzt wurde die Sache interessant. „Wieso?"

„Weil sie nicht mehr schreien, seit er weg ist."

Meine Fingerspitzen kribbelten. Mein Magen wand sich. Die Gespenster schrien nicht mehr? Auch wenn ich Sarahs Aussage nicht verstand. Ich spürte es ganz genau: Etwas an der Sache hier stimmte nicht. Mit einem kurzen Blick checkte ich die Umgebung. Dann ging ich in die Hocke und sah die kleine Sarah eindringlich an. „Der Onkel schaut sich das einmal an. Vielleicht haben die Gespenster ja eine Nachricht hinterlassen."

Sarahs Augen weiteten sich vor Begeisterung. „Au ja."

„Du bleibst solang hier draußen stehen und passt auf, dass kein Gespenst heimlich davonfliegt, während ich nachsehe."

Sarah nickte.

„Versprochen?“

„Versprochen“, flüsterte sie.

Keine zwei Sekunden später war ich an Board und das Polizeisiegel aufgebrochen.

In der Kajüte stand ein Fernseher, an den eine Videokamera angeschlossen war. Im Gegensatz zu allen anderen versifften Gegenständen an Board war sie lediglich mit einer hauchdünnen Staubschicht bedeckt. Aber ihr Speicher war leer. Hatte Timmy ihn gelöscht, bevor er ins Meer gefallen war? Das ergab keinen Sinn. Unweit des Fernsehers fand ich die Transporttasche der Kamera mit Speicherkarten und einem vergilbten Garantiebeleg. Was? Die glänzende Kamera war bereits drei Jahre alt? Das passte nicht ins Bild. Timmy musste sie akribisch geputzt haben.

Plötzlich rumpelte es hinter mir. „Was machst du hier?“

Ich fuhr herum. Meine Schwester stand hinter mir. Als sie mich mit der Videotasche in der Hand erblickte, legte sie erschrocken die Hand vor ihren Mund. „War das etwa ...?“ Sie unterbrach ihren Satz.

„Was war etwa?“

Schamröte stieg ihr ins Gesicht. „Gib mir sofort die Kamera!“

Der herrische Ton meiner Schwester verwirrte mich. Was ging hier vor? Ich versuchte, einen klaren Gedanken zu fassen. Dabei fiel mir ein kleines

Kamerastativ im Regal auf. Wenn man die Videokamera darauf befestigte, war sie direkt auf die kleine Kuschelecke gerichtet. Was hatte Sarah mir noch erzählt? Sie hatte Schreie auf dem Schiff gehört. Meine Schwester hatte ihr verboten, jemandem davon zu erzählen? Und jetzt, seit Timmy tot war, waren auch die Schreie verstummt?

„Josef, bitte."

„Die Kamera ist leer", antwortete ich.

Schlagartig schwand jegliche Panik aus dem Gesicht meiner Schwester. Sie ahnte nicht, dass sie mir damit das letzte Indiz für meine Theorie geliefert hatte. Und ich betete, dass ich mich irrte. Ich legte die Kamera beiseite und verließ das Boot.

„Es ist kein Gespenst davongeflogen", berichtete mir Sarah stolz.

„Ich weiß", antwortete ich. „Sie sind fort. Überzeug dich selbst." Ich gab ihr einen sanften Schubser. „Geh zu deiner Mama. Sie braucht dich jetzt."

Sarah machte einen Hüpfer. Ich wartete, bis sie unter Deck verschwunden war. Dann machte ich mich auf den Weg.

Franz inspizierte gerade seine Fischernetze, als ich im Schuppen eintraf. „Wo hast du denn die Kleine gelassen? Ich dachte, ihr wolltet spazieren?"

Ich beschloss, nicht auf seine Frage einzugehen und ohne Umschweife zur Sache zu kommen. Ich brauchte Klarheit. Dringend. „Was war auf der Kamera?"

Franz‘ Gesichtsausdruck änderte sich schlagartig. „Ich weiß nicht, wovon du redest.“

„Die Kamera war blitzblank. Jemand wollte Spuren beseitigen.“

Schweißperlen traten auf Franz‘ Stirn.

„Warum aber sollte Timmy das tun? Er war auf seinem eigenen Schiff. Es war seine Kamera.“

Franz presste seine Lippen fest aufeinander. Als hätte er Angst, etwas zu sagen, das er später bereuen würde.

„Die einzige Person, die noch an Board gewesen war, bist du“, fügte ich hinzu. „Du musst die Kamera geputzt haben. Damit niemand bemerkt, dass du den Film darauf gesehen und anschließend die Speicherkarte entfernt hast. Habe ich recht?“

Franz bewahrte die Fassung. Aber ich spürte die gewaltige Anstrengung, die es ihn kostete. Lange würde er nicht mehr durchhalten.

„Was war auf der Speicherkarte, Franz?“

Sein Atem wurde schwerer.

„Meine Schwester etwa? Mit deinem besten Freund? Timmy?“

„Dieser Mistkerl“, platzte es aus ihm heraus. „Nimmt meine Frau und filmt es auch noch.“

„Und der Film lief noch, als du auf das Boot ranntest. Daneben lag der sturzbetrunkene Timmy. Da hat dich die Wut gepackt. Du hast nur behauptet, er wäre nicht da. In Wahrheit war er noch an Board, als du zurück aufs Meer gefahren bist.

Habe ich recht? Und dort draußen im Nebel hast du ihn über Board gestoßen."

Franz sackte zusammen und brach in Tränen aus. „Dieses Schwein hat mich belogen. Niemand macht mir meine Familie kaputt. Niemand!"

Warten bis der Trabi kommt

Akten-Nr.: 12
Tatort: Podelwitz, Schladitzer See
Es berichtet: Thomas Becker (Kriminalkommissar)

Die Leiche lag in einem Trabant, direkt am Strand von Wolteritz, einem kleinen Dörfchen in der Nähe der nordsächsischen Gemeinde Rackwitz. Eine Kollegin der Polizei Leipzig nannte mir die ersten Eckdaten. Dabei schmatzte sie auf ihrer Banane herum, als wäre die Wende erst gestern gewesen. Vielleicht hätte ich ihr von meinem Heimatbesuch in Köln am Wochenende ein kleines Päckchen mitbringen sollen?

„Der Tode heessd Henry Klein."

Oh Gott, an dieses Sächsisch würde ich mich nie gewöhnen. Wieso hatte ich mich nur versetzen lassen?

„Ä Jogger hat den heude Morschn hier am Schladitzer See entdeckt. Dor Motor lief noch."

Ich inspizierte das Fahrzeug. Dass es vorher nicht aufgefallen war, wunderte mich nicht. Zwischen grünen Hügeln, Schilf und Sandstrand wirkte der kleine Trabi wie das Asyl eines Natur-Campers. Der Clou war das Dach des Oldtimers, auf dem ein Campingzelt montiert war. Eines musste man diesen Ossis ja lassen – erfinderisch waren sie. Erst bei genauem Hinsehen erkannte man die Todesfalle: Am Auspuff des Trabants war ein Schlauch mit Klebeband fixiert. Das andere Ende des Schlauches führte durch einen ebenfalls mit Klebestreifen abgedichteten Schlitz im Vorderfenster in den Wagen.

Die Polizistin schleuderte ihre Bananenschale ins hohe Gras und präsentierte einen Zettel, der sorgsam in eine Klarsichthülle gepackt war. „Den ham mir beim Opfer gefunden." Ein Stück Banane war ihr offensichtlich im Hals stecken geblieben. Sie räusperte sich. „Isch zidiere: *Jetz isses aus, jetzt iss zu Ende, doch drauert ni, glatscht in de Hände.*"

Das war mit Sicherheit ein Kandidat für die Top Ten der schleimigsten Abschiedsbriefe.

„Mir ham den Brief mit Nodizen ausm Gepäck des Doten verglischen. Das is eindeudisch seine Handschrifd."

Alles sah also nach Freitod durch Ersticken aus. Und dass man bei diesem Dialekt auf die Idee kam, sich das Leben zu nehmen, wunderte mich nicht.

„Warum denken Sie, dass es sich um ein Gewaltverbrechen handelt?", fragte ich die Kollegin aus Leipzig.

Sie zog einen weiteren Zettel aus der Tasche, räusperte sich und las überdeutlich ab. Ich kam mir vor wie der Moderator bei Aktenzeichen XY ungelöst. *„Der Dote wurde gestern stark algoholi-*

siert ufm Trabitreffen in Podelwitz gesehen.“ Jetzt näherte sich aus der Ferne auch noch ein regelrechtes Martinshorn-Orchester. Die Kollegin wurde lauter. „*Dord war er in einen hefdischen Streit mit einer Frau und einem Mann vorwickelt.*“ Sie räusperte sich und trat nervös von einem Bein aufs andere. „*Es wird vermutet, dass es sich dabei um seinen Vader handld.*“ Jetzt mischten sich auch noch die Blasinstrumente einer Schützenkapelle unter die Sirenen. Die Polizistin begann zu schreien. „Alle wohnen gleich hier in Wolteritz. Den Vader ham mir bereits über den Tod vom Sohn informierd. Die Frau heißt Peggy Mueller.“ Blaulichter erhoben sich aus den Grashügeln hinter uns.

„Mein Gott, was ist das?“, brüllte ich zurück. „Steht ganz Wolteritz in Flammen?“

„Das is die Festparade zum 90. Jahresdag der freiwillischen Feuerwehr.“

Jetzt sah ich es auch. Ein Einsatzwagen nach dem anderen kroch die einspurige Betonstraße entlang. Dazwischen schlenderten vereinzelte Grüppchen langgezogener Gesichter in Uniform mit. Ein Faschingsumzug zum Davonrennen.

„Schön, nor?“, rief meine Kollegin. „Ein eschter Event. Das dud den Leuten hier gud.“

Ich biss mir auf die Zunge, nickte und machte mich auf einen langen Tag in Wolteritz gefasst. Dank der Feuerwehrparade würde ich für die wenigen hundert Meter bis zu dieser Peggy Mueller eine Ewigkeit brauchen.

Eine halbe Stunde später erreichte ich mein Ziel: ein dunkelgraues Einfamilienhaus mit Gartenzwergarmee als Wachschutz. Zwischen der restlichen Hofdeko wirkten die kleinen Dinger wie ein versehentlicher Farbklecks auf einer Kohlezeichnung. Ein Frührentner in Jogginghose öffnete die Tür.

Ich zog meinen Dienstausweis aus meiner Jacketttasche hervor. „Kommissar Becker. Ich möchte mit Peggy Schmidt sprechen."

„Wegen einer Ohrfeige? Hören Sie. Es tut ihr leid."

„Enrico? Was ist los?" Eine leicht untersetzte Frau mit weißem Haaransatz und roter Strähne im Pony quetschte sich neben Jogging-Enrico in den Türrahmen.

„Peggy Schmidt?"

Sie nickte. Dabei hüpfte ihre rote Haarsträhne rebellisch im Grau der restlichen Haare auf und ab. „Ich komme wegen Henry Klein."

„Der Penner kann mir gestohlen bleiben."

„Wir haben ihn heute Morgen tot am Strand gefunden. Ich muss Ihnen leider ein paar Fragen stellen."

Peggy erstarrte. Ihre Haarsträhne fiel ihr direkt vor das rechte Auge, was sie im Schock gar nicht zu bemerken schien.

Offensichtlich hatte ich mitten ins Schwarze getroffen. „Darf ich kurz reinkommen?"

Erst jetzt strich sie die Strähne beiseite. „Oh. Ja. Natürlich." Völlig überrumpelt winkte sie mich ins Wohnzimmer.

Ich sah mich um. An der Wand hing ein Trabi poster. Der Couchtisch bestand aus einem Trabireifen mit aufmontierter Glasplatte. Die Luft im Raum war abgestanden und mit Zigarettenqualm gewürzt. Flehentlich sah ich zu dem kleinen, vor Schmutz fast blinden Fenster hinüber. Ich hustete dezent. Was Jogging-Enrico mit einem kurzen aber kräftigen Druck auf eine neongrüne Flasche Raumspray kommentierte. Zuckriger Apfelaromanebel kroch nun durch den Raum. Unweigerlich musste ich an Henrys Todesursache denken: Ersticken. Ein Qualvoller Tod.

„Besser so?", fragte Jogging-Enrico.

Ich nickte höflich.

„Kaffe?"

Erst jetzt bemerkte ich die ranzigen Porzellanbecher auf dem Wohnzimmertisch. „Nein danke, ich brauche nicht lang." Ich wandte mich Peggy zu. „Worum ging es in Ihrem Streit gestern?"

Jogging-Enrico antwortete, noch bevor sie Luft holen konnte. „Peggy, ich will, dass du dir einen Anwalt nimmst."

„Quatsch. Sie können es ruhig wissen. Wir waren zusammen, Henry und ich. Also früher. Vor der Wende. Kaum hatte der Arsch seine Fahrerlaubnis, ist er in den Westen abgehauen. Und ich hatte die von Horch und Guck am Hals."

„Horch und Guck?"

„Sie sind ein Wessi, oder?", stöhnte sie.

Wessi. Dieses Wort machte die Luft in diesem Loch nicht angenehmer. Ich löste den obersten Knopf meines Hemdkragens.

„Das Ministerium für Staatssicherhait." Peggy lachte. „Die hatten Angst, ich würde ihm hinterherrennen." Sie zündete sich eine Zigarette an und inhalierte tief. „Und jetzt, fünfundzwanzig Jahre später, hat er die Nerven, beim Trabitreffen in Podelwitz aufzukreuzen."

Neben dem Couchtisch entdeckte ich eine Kiste mit alten Dokumenten, die mir verdächtig schienen. „Was ist das?"

„Die sind von Enrico, hat er wegen dem Treffen rausgekrömt. Wir haben eine Collage für den Verein gemacht."

„Darf ich?" Ohne eine Antwort abzuwarten, inspizierte ich den Inhalt etwas genauer. Das rosafarbene Poesiealbum ignorierte ich geschickt. Ich wollte den harten Jogging-Kerl ja nicht in Verlegenheit bringen. Der Rest waren Fotos. Sie zeigten Peggy und Enrico. Mit dem Trabi an der Ostsee. Mit dem Trabi im Elbsandsteingebirge. Mit dem Trabi in Berlin. Mit dem Trabi in Dresden. Sie waren viel herumgekommen.

„Das war kurz vor der Wende. Unser erster Tra

bi. Ein Gebrauchter. Bückware sozusagen."Für einen kurzen Moment huschte Peggy ein anrührendes Lächeln übers Gesicht, das sie fast attraktiv machte. „Hätten wir es wie Henry gemacht, hätten wir ihn zwei Jahre früher gehabt."

Ich horchte auf. „Wie Henry?"

Enrico grummelte und nahm mir die Kiste ab. „Na, der ist doch damals mit dem neuen Trabi seines Vaters durchgebrannt. Was meinen Sie, wie die beiden sich gestern gezofft haben. Ich hab es bis hierher gehört."

Peggy sah ihn mit großen Augen an. „Hast du?"

Ich überlegte. Wenn man mir ein Auto stehlen würde, auf das ich zwanzig Jahre warten musste, würde ich auch rasend werden. Ich erinnerte mich an die Aussage meiner Leipziger Kollegin. Der Vater des Toten wohnte in derselben Straße. Ich musste dringend mit ihm reden. „Wo genau finde ich Henrys Vater?"

Peggy geleitete mich zur Tür und deutete auf einen kleinen Bungalow schräg gegenüber.

Ich bedankte mich und sprintete ins Freie. Gierig saugte meine Lunge die Schladitzer Seeluft ein. Keine Ahnung, was mich in Kleins Wohnung erwartete.

Die Tür öffnete sich mit einem leisen Knarren. Ich legte meinen Kopf in den Nacken und blickte einen karierten Polunder empor. „Herr Klein?"

Der Mann drehte seinen Kopf beiseite. Rasch – aber doch zu langsam, um die rotgeweinten Augen vor mir zu verbergen. Er deutete auf einen Beutel an der Wand, auf den in bunten Buchstaben das Wort *Gäste* aufgestickt war. „Nehmen Sie sich einfach ein Paar. Ich bringe uns Tee.“

Ich warf einen neugierigen Blick in den Beutel. Hausschuhe. Ich entschied mich für das Paar mit Steppnaht im rustikalen Walnussbraun.

Die Wohnung roch nach frisch aufgebrühter Minze. Ein Sonnenstrahl brach sich im Fensterglas und wärmte eine junge Hibiskus-Blüte. Mit dem Schlappgeräusch der rhythmisch gegen seine Fußsohlen schlagenden Hauslatschen kehrte Klein aus der Küche zurück, ein Tablett mit zwei Teegläsern in der Hand. Seine Augenlider hingen tief herab. Hinter dem dicken Brillenglas wirkten sie noch gewaltiger und müder. Dazu sein Rücken: von jahrelanger Duckhaltung rund geworden. Typisch für große Menschen. Mit aufrechtem Rückgrat hätte mich dieser Mann nicht ein, sondern zwei Köpfe überragt. Ich erwischte mich bei der Überlegung, wie sich ein Mann wie er nur in einen Trabi quetschen konnte.

Er reichte mir meinen Tee, nahm die Brille ab und trocknete seine Augen mit einem hellblauen Stofftaschentuch. „Ich hätte nicht so streng sein dürfen.“

„Wegen des Trabis?“

Er schaute mich verwundert an. „Wegen dem Trabi? Der war mir egal. Haben Sie keine Kinder?

Wenn man seinen Sohn verliert, heult man doch nicht einem Auto hinterher.“ Er betrachtete mich aufmerksam. „Sie sind von drüben, oder?“

Das saß. Ich überspielte mein schlechtes Gewissen mit einer Gegenfrage. „Warum dann?“

„Ich hatte längst einen Wartburg damals. Jeder bei uns in der Familie hatte doch vorsichtshalber irgendeine Bestellung laufen bei den Wartezeiten. Den Trabi wollte ich eigentlich Enrico von gegenüber verkaufen.“ Herr Klein faltete seine Hände und betrachtete einen Augenblick die Hibiskus-Blüte auf dem Fensterbrett. „Nein, ich war wütend. Unglaublich wütend. Wegen Peggy. So geht man nicht mit Menschen um. Wenn er sich über zwanzig Jahre nicht bei mir meldet, gut. Aber Peggy.“ Er holte tief Luft. Seine Lunge pfiff und rasselte. „Die von der Stasi hatten uns weisgemacht, er wäre an der Grenze erschossen worden.“

Eine Träne quetschte sich durch den Brillenrahmen. Ich spürte, dass Klein einen Moment für sich brauchte und betrachtete die Bilder an der Wand. Eines zeigte ein junges Bilderbuchpärchen. Den Übermut der Jugend in den Augen. Er sportlich, mit Fassonschnitt und Elvistolle. Sie im Neue-Deutsche-Welle-Look. Fokuhila-Frisur mit einer roten Strähne über der Stirn. Ein Knoten bildete sich in meinem Hals. Peggy. Das war Peggy auf dem Foto. Was war nur aus dieser attraktiven, jungen Frau geworden? Unglaublich, was der Kummer der Jahre anrichten konnte. Mein Gott, ich Idiot hatte überhaupt keine Ahnung von dem, was die Menschen hier durchlebt haben mussten. Plötzlich spürte ich sie, diese unglaubliche Enge, diese Beklemmung, diesen Frust über den Lauf des Schicksals. Ich suchte nach Kleins Abschiedsbrief. Eigentlich aber suchte ich nach Fassung. Endlich fand ich das Beweisstück. Ich reichte es Henrys Vater.

„*Jetzt ist es aus, jetzt ist's zu Ende, doch trauert nicht, klatscht in die Hände*", murmelte er. „Typisch. Ja, das ist von Henry. Wo haben sie das her?" Zu meiner Überraschung erhellte sich sein Gesicht. Er schien sich regelrecht über dieses Schriftstück zu freuen. „Diesen Schmalz hat Henry früher in jedes Poesiealbum geschrieben."

Poesiealbum? Wie konnte ich nur so blind sein! Von wegen Abschiedsbrief. Mein Puls beschleunigte sich und pumpte blankes Adrenalin in jede Zelle meines Körpers. Ich verabschiedete mich, hechtete zurück über die Straße, klingelte bei Mueller, marschierte geradewegs ins Wohnzimmer und durchwühlte erneut die Kiste.

„Hey!", schnauzte mich Enrico an. Ich ignorierte ihn. Endlich fand ich das Poesiealbum. Tatsächlich. Ein Teil der letzten Seite war herausgerissen worden. Der vermeintliche Abschiedsbrief fügte sich perfekt ein: *Jetzt ist es aus, jetzt ist's zu Ende, doch trauert nicht, klatscht in die Hände. Traurigkeit macht alles schlimmer. Freunde bleiben wir für immer.*

Mit einem Ruck entriss mir Enrico die Kiste. „Finger weg!"

Ich sprang zur Seite und sicherte das Poesiealbum. „Sie haben ihn umgebracht, Enrico!"

Peggy stakste käsebleich ins Wohnzimmer. „Enrico, was redet er da?"

„Blödsinn redet der!"

Ich ließ nicht locker. „Warum musste er sterben? Nur weil er mit dem Trabi durchgebrannt ist, den eigentlich Sie bekommen sollten?"

Mitten ins Schwarze. Enrico kochte vor Wut. „Nur? Zehn Jahre hatte ich auf meine Rennpappe gewartet. Wissen Sie, wie das ist? Alles war abgesprochen. Meine Großmutter hatte mir das Geld geschenkt. Er wusste das. Dieses Arschloch! Ganz abgesehen von dem, was er meiner Peggy angetan hat."

„Und als er auf dem Trabitreffen aufgekreuzt ist, um sich zu versöhnen, wollten Sie Rache. Sie haben ihn mit dem Trabiabgas vergiftet, als er seinen Rausch ausschlief und es mit dem Eintrag aus Ihrem alten Poesiealbum als Selbstmord getarnt. Wirklich clever. Aber leider nicht clever genug, Enrico."

Dickes Eis

Akten-Nr.: 13
Tatort: Hamburger Außenalster
Es berichtet: Gerald Fischer (Kriminalkommissar)

„Wann hat sie sich das letzte Mal bei Ihnen gemeldet?“, fragte ich.

Nadja plumpste aufs Sofa und griff nach ihrem Tee. HTSB stand auf ihrem T-Shirt. Irgendwo hatte ich das schon einmal gelesen. Aber ich erinnerte mich nicht.

„Vor einer Woche. Wir waren eigentlich vor vier Tagen zum Schlittschuhlaufen verabredet. Dann hatte ich aber Migräne und musste mich für einen Tag krankmelden, und deswegen wurde ich kurzfristig umdisponiert und bin fünf Tage für Lufthansa von München aus geflogen.“

„Sie waren in München untergebracht?“

„Richtig. Ich hatte Olga die ganze Zeit über nicht erreicht.“ Nadja wischte sich eine Strähne von ihren Matroschkawängchen und zog gierig an ihrer Zigarette. „Wir waren doch verabredet, und ich wollte ihr absagen, weil ich ja jetzt nicht in Hamburg war. Und als ich endlich zurückkehrte und unsere Wohnung betrat, stapelte sich die Post an der Eingangstür, und ihr Zimmer war immer noch völlig unberührt.“

Mein Magen knurrte. Verdammte Diät! Ich streichelte meinen Bauch zum Trost und sah mich noch einmal um. Ballettschläppchen, Fotos von Olgas Familie in Moskau, ein kleiner Samowar, ein Spielplan vom Thaliatheater, benutzte Eintrittskarten, russische Literatur von Stanislawski. Ich durchblätterte das Buch: Probenfotos von Schauspielern und ein unverständlicher Text in kyrillischer Schrift. „Wie kommen Sie darauf, dass Ihrer Mitbewohnerin etwas zugestoßen sein könnte?"

Nickend deutete Nadja auf den Zeltschrank neben Olgas Schreibtisch. Ich öffnete ihn. Bikinis, Reizwäsche, Hosen und Röcke, die gerade groß genug waren, um das Verdecken von Intimzonen anzudeuten.

„Sie war eine ..."

„... Tänzerin. In St. Pauli, ja. Aber anfassen lassen hat sie sich nie." Nadja deutete auf ein Foto an der Wand. „Auch wenn er das gern gewollt hätte."

„Wer ist das?"

„Dimitri. Das Arschloch. Verzeihung. Ihr Freund. Aber das meine ich nicht."

„Was dann?"

„Ihre Schlittschuhe fehlen."

„Schlittschuhe?" Ich wurde hellhörig.

„Olga ist eine leidenschaftliche Schlittschuhläuferin. Aber ..."

„Aber?"

Nadja biss sich auf die Lippen und schluckte. „Sie kann nicht schwimmen."

Ich betrachtete die Eisblumen an Olgas Fenster. Der Winter dieses Jahr war extrem hart. Zum ersten Mal seit vielen Jahren standen die Buden für das Alstervergnügen wieder auf dem Eis. Bei so einem Wetter brach man nicht ein. Erst recht nicht mit der Figur einer russischen Schwanenseetänzerin.

Ich zog das Foto von der Wand ab. „Wo finde ich ihn?"

„Graumannsweg. Der Mistkerl hat einen kleinen Bootsverleih an der Außenalster. Im Winter ist er jeden Abend dort und schraubt an seinen Kanus herum."

Ich überlegte. „Woher kennen Sie Olga eigentlich?"

„Aus Moskau. Normalerweise arbeite ich viel auf Flügen nach Russland. Wegen der Sprache."

Ich nickte und verabschiedete mich. Bestenfalls hatte sich Olga aus dem Staub gemacht und war Hals über Kopf zurück nach Hause geflogen. Wahrscheinlicher war, dass das arme Mädchen ihre letzten Tage vollgepumpt mit Drogen in einem Hinterzimmer der Herbertstraße verbracht hatte. Mein Instinkt jedoch ließ mich Böseres ahnen. Nach mehr als zwanzig Jahren in der Hansestadt roch ich einen Mord auf zehn Kilometer Entfernung. Und das hier stank gewaltig.

Ein zusammengestauchter Terminator mit Goldkettchen öffnete die Tür zum Bootshaus. „Was wollen Sie?"

Ich zog meine Dienstmarke. „Dimitri Kasakow?“ Der Mann nickte. „Ich komme wegen Olga Schtscherks...“ Ich machte mir einen Knoten in die Zunge und fluchte.

„Was ist mit Olga?“

Eine hypnotisierende Alkoholwolke biss mir in die Nase. „Das wollte ich von Ihnen wissen.“ Ich bemerkte die halbleere Wodkaflasche auf dem Holztisch in der Mitte des Raumes.

„Ich nichts wissen.“

„Wann haben Sie Olga das letzte Mal gesehen?“

„Eine Woche her.“

Ich blickte in das schmale Holzregal gegenüber. Im obersten Fach lag eine Spitzhacke.

„Ist ihr etwas passiert?“, lallte Dimitri.

Erst jetzt fielen mir seine glasigen Augen auf. „Wie kommen Sie darauf?“

Dimitri antwortete nicht.

„Wo ist sie?“

„Ich nicht wissen.“

„Sind Sie nicht mit ihr zusammen?“

„Doch.“

„Und da haben Sie eine Woche lang nicht miteinander gesprochen?“, hakte ich nach.

Wütend schlug Dimitri mit der Faust auf den Tisch. Die Wodka-Flasche kippte, rollte, stürzte zu Boden und verspritzte den Geruch von Alkohol im Raum. „Wir haben gestritten.“

„Weil sie mit dem Strippen aufhören wollte.“

„Natürlich. Ich habe gleich gesagt, redest du mit Nadja, hörst du auf mit Job, es passiert was.“

„Aha." Ich hob die Flasche auf und nahm die Spitzhacke aus dem Regal. „Was machen Sie hiermit, wenn ich fragen darf?"

„Für Angeln von Steg." Dimitri deutete aus dem Fenster. Ich sah hinaus und entdeckte direkt vor dem Bootshaus ein metergroßes Loch im Eis. Rotes Licht spiegelte sich im Wasser. Lichterketten. Samstag. Das Alstervergnügen. Sofort hatte ich den Geruch von Glühwein und Currywurst in der Nase. Mein Magen knurrte immer noch. Ich hatte hier genug erfragt.

Das Eis knackte. Ein Kind, das auf einem Schlitten vorübergezogen wurde, starrte mich vorwurfsvoll an. Erschrocken zog ich meinen Bauch ein und warf den letzten Zipfel Currywurst in den Papierkorb.

„So dick – das hat man selten."

„Wie bitte?" Ich sah die Frau am Glühweinausschank beschämt an.

„Ich meine das Eis."

„Ach so. Natürlich. Was denn sonst."

„Wollen Sie noch einen?"

Ich überlegte nicht lang und reichte ihr meine Tasse über den Tresen. Dabei entdeckte ich eine bedrohliche Pfütze unter ihren Füßen.

„Die kommt nur vom Heizlüfter. Keine Panik. Die Feuerwehr hat das genehmigt. Bleibt alles an der Oberfläche, meinen die."

Sofort dachte ich zurück an die Currywurst mit Pommes Schranke. Mein Hemd spannte. Bleibt alles an der Oberfläche. Das Problem kannte ich. Leider schmolz mein Fett nicht so leicht dahin. Ich stockte. Irgendetwas stimmte mit der Pfütze nicht. „Verzeihung." Ich zog meine Dienstmarke und quetschte sich am Tresen vorbei in die Glühweinhütte.

„Was haben Sie denn?"

Ohne jeden Kommentar ging ich in die Knie. „Ein Handtuch bitte!" Hastig wischte ich das Wasser auf. Ich hatte mich nicht getäuscht. Durch das trocken polierte Eis sah ich es wie durch eine blank geputzte Milchglasscheibe. Und der Schrei der Tresenkraft beseitigte den letzten Zweifel. Von der anderen Seite des Eises blickte mir eine tote, junge Frau entgegen.

In Windeseile waren meine Kollegen an der Fundstelle. Ungläubig leuchtete Kriminalassistent Hansen mit seiner Taschenlampe auf die Stelle, unter der die Leiche lag. „Wie im Präparierglas. Gruselig."

„Ich bin mir hundertprozentig sicher, dass sie es ist. Sie hat sogar noch ihre Schlittschuhe an", antwortete ich. „Kalle muss her."

Behutsam richtete Hansen sich auf. Diese Buden waren nicht gebaut für Zwei-Meter-Männer. „Kalle bringt dich um. Morgen geht sein Flug in den Tauchurlaub nach Hawaii."

„Er soll ja nicht die ganze Nacht im Wasser

bleiben." Hansen schüttelte den Kopf. Dabei kam er einem Holzbalken bedrohlich nahe.

„Vorsicht!", rief ich.

Plong! Hansen zuckte zusammen und rieb sich die Stirn. „Nicht deswegen. Taucher dürfen mindestens vierundzwanzig Stunden nach ihrem letzten Tauchgang nicht fliegen. Sonst kriegen sie DCS."

„DCS?"

„Taucherkrankheit. Das ist lebensgefährlich."

„Verdammt. Was machen wir dann? Das Eis aufschlagen?"

„Viel zu gefährlich. Ich rufe wen vom HTSB."

„HTSB?"

„Dem Hamburger Tauchsportbund", antwortete Hansen.

Jetzt fiel es mir wie Schuppen von den Augen. Dass ich nicht gleich darauf gekommen war! Ohne zu zögern, schnappte ich meinen Autoschlüssel und schlitterte über das Eis.

„Wo willst du hin?", rief Hansen mir hinterher. Ich winkte nur kurz zurück, hievte mich in meinen Wagen und raste davon.

Als Nadja die Tür öffnete, war sie in einen knallroten Bademantel gehüllt. Ein weißes Tuch hielt ihr feuchtes Haar dem Gesicht fern. „Sie schon wieder? Gibt es etwas Wichtiges?"

„Allerdings. Olga ist tot."

Mit offenem Mund ließ Nadja die Tür ins Schloss fallen. Ihr Gesicht wurde weiß wie Schnee.

„Sind Sie sicher?“ Nadjas Stimme zitterte. „Woher ... was ist passiert?“

„Damit haben Sie nicht gerechnet, nicht wahr?“ Nadja antwortete nicht. „Nicht nachdem Sie alles so perfekt durchdacht hatten. Nicht in diesem harten Winter. Frühestens in ein paar Wochen hätte man sie finden sollen.“

„Ich weiß nicht, wovon Sie reden.“

„Ihr T-Shirt, Nadja.“

Ihre Lippen bebten.

„HTSB. Hamburger Tauchsportbund. Deswegen mussten sie eine Migräne vortäuschen, nicht wahr? Sie konnten nicht fliegen.“

„Was reden Sie denn da?“ Ihre Stimme überschlug sich. „Ich muss Sie doch bitten, Herr Kommissar. Sie ist tot.“

„Und Sie haben sie umgebracht.“

„Ich habe was?“

„Als Flugbegleiterin sind sie die perfekte Kontaktperson. Sie locken in Russland die Mädchen an und verschleppen sie ins Rotlichtmilieu. Was haben Sie Olga versprochen? Eine Karriere als Schauspielerin?“

Nadja brach in hysterisches Gelächter aus. „Mein Gott, das Dreckstück war so schlecht.“

„Das war Ihnen egal. Denn alles, was Olga hier tun sollte, war, reiche Männer zum Konsum anregen. Aber Olga hat Ihnen einen Strich durch die Rechnung gemacht. Sie wollte sie auffliegen lassen.

Da haben Sie sie zum Schlittschuhlaufen an die Alster gelockt, im Loch am Bootsteg ertränkt, sich ihre Tauchausrüstung geschnappt und die Leiche unterm Eis versteckt. Sie wussten, dass man sie so frühestens in ein paar Wochen entdecken würde und dann hätte alles nach einem tragischen Unfall ausgesehen. Die hilflose Nichtschwimmerin bricht beim abendlichen Schlittschuhlauf unbemerkt ins Eis ein und ertrinkt."

In einer blitzschnellen Bewegung drehte sich Nadja um und griff nach dem Eispickel, der sich im Sektkübel hinter ihr befand. Dabei riss sie den Kübel um. Eiswürfel klackerten über den Parkettboden. Mit einem gewaltigen Satz sprang sie auf mich zu. In letzter Sekunde wich ich aus. Nadjas Fuß landete auf einem Eiswürfel. Sie rutschte, versuchte ihr Gleichgewicht zu bewahren, verlor dennoch den Halt, stürzte zu Boden, röchelte einmal laut auf und blieb regungslos liegen. Die Spitze des Eispickels ragte aus ihrem Rücken hervor. Blut quoll über den Boden.

Genervt griff ich nach dem Telefon. „Warum muss so was immer mir passieren?"

Killerwespen

Akten-Nr.: 14
Tatort: Halterner Stausee
Es berichtet: Norbert Hubert (Kriminalkommissar)

Trotz der brennenden Morgensonne zitterte das Mädchen am ganzen Leib. Ich legte ihr ein Handtuch um ihre Schultern. Dabei fielen mir kleine, helle Risse in der Haut auf. Sie schien nicht immer eine so knackige Figur gehabt zu haben.

„Babs und ich sind mit dem Boot hinausgefahren." Sie schnappte nach Luft.

Ich legte meine Hand auf ihren Rücken, um ihren Atem ein wenig zu beruhigen. Es half.

„Ich bin ins Wasser gesprungen. Ein wenig schwimmen. Plötzlich hat sie nur geschrien und um sich geschlagen. Dann verlor sie das Gleichgewicht und ist aus dem Boot ins Wasser gefallen. Ich bin sofort zurückgeschwommen. Aber ..." Ihre Stimme brach. „Ich ... ich war schon so weit weg." Tränen mischten sich unter ihre Sommersprossen. „Oh mein Gott, Herr Kommissar, ist sie wirklich tot?"

Allerdings. Ich sah hinaus auf den Halterner Stausee. Es hingen immer noch Reste des Frühnebels über dem Wasser. Nicht ein Boot störte das Bild. Hier und da sprangen Fische nach einem zweiten Frühstück aus dem Nass heraus und hinterließen hübsche Kreise auf der spiegelglatten Fläche. Es hätte alles so friedlich sein können.

Dem Mädchen sackten die Knie weg. In letzter Sekunde griff ich ihre Schulter. Langsam sank das Mädchen ins Gras. Neben ihr lagen ihre persönlichen Gegenstände aus dem Boot: Handtuch, Sonnenbrille und wasserfeste Sonnencreme. Ich half ihr, sie einzupacken. Das schaffte Ablenkung. Dann schickte ich sie zurück ins Hotel. Der Anblick ihrer toten Freundin war einfach zu viel, selbst für einen erfahrenen Kommissar wie mich – abgesehen davon, dass ich eigentlich im Urlaub war.

Die Notärztin bohrte erneut mit ihrer Pinzette in der Nase der Toten. Wenig später brachte sie die zweite Wespe zum Vorschein. Sie hielt das Insekt ins Licht. Hätte sie dabei nicht diesen leicht wahnsinnigen Gesichtsausdruck gehabt, hätte ich sie mit ihrem frechen Bubikopf wohl für eine ziemlich attraktive Frau gehalten. „Wahrscheinlich eine allergische Reaktion", näselte sie und rückte ihre Nickelbrille zurecht. „Das Opfer ist ohnmächtig geworden und ertrunken."

Die Frau hatte Humor. Diese Babs sah aus wie ein Streuselkuchen. Augen und Mund aufgerissen. Ein grausamer Tod. Ich blickte zu Hotelinhaber Hilten. „Ich fürchte, ich kann Ihnen nicht helfen. Ein Unfall, weiter nichts." Seine Augen weiteten sich. Dabei wirkte er mit seinen drei zurechtgekämmten Härchen auf der Glatze und dem viel zu strammen Anzug wie ein menschgewordener Pinguin. „Nicht bewegen“, war seine Antwort.

Ich gefror zur Salzsäule. Jetzt spürte ich es auch. Etwas Kleines krabbelte mir über die linke Wange. Noch ehe ich reagieren konnte, traf mich ein gewaltiger Schlag. Mein Schädel brummte.

Die Notärztin las eine tote Wespe vom Boden auf. „Überraschung ist alles.“ Ein Triumphgrinsen zierte ihr Gesicht. „Sie müssen die Viecher kaltstellen, bevor sie zustechen können.“ Die erhobene Augenbraue in meine Richtung löste eine seltsame Mischung aus Scham und Erregung in mir aus. Ich mochte forsche Frauen. Sie analysierte die Wespe von allen Seiten. Dann warf sie das Insekt zurück ins Gras und schlussfolgerte: „Ich denke, es ist besser, wenn Sie das Strandbad schließen.“

„Auf gar keinen Fall“, wandte Hilten ein. Er sah mich mit flehenden Augen an. „Ich schenke Ihnen einen Monat gratis bei uns, wenn Sie herausfinden, was hier vor sich geht, Herr Kommissar ...“

So richtig vermochte mich dieses Angebot nicht zu locken.

„... und einer Begleitung Ihrer Wahl.“

Und wenn schon. Die letzten zwei Tage hatte ich wirklich genossen, aber noch einmal Schlammpackung – das war nun wirklich etwas zu fad für einen Abenteurer wie mich.

Hilten zog mich zu sich. „Das hier geht nicht mit rechten Dingen zu. Dass Wespen so über einen Menschen herfallen, ist nicht normal.“ Er deutete auf eine Horde Lokal-Reporter, die sich wegen Stargast Helene Zwitscher zu dieser frühen Stunde bereits auf der Hullerner Straße sammelten. „Mitten im Sommerloch wären Killer-Wespen am Halterner Stausee für die ein gefundenes Fressen. Entweder Sie finden heraus, was hier los ist, oder ich kann mein Hotel Ende der Saison dichtmachen.“

Herr Hilten tat mir leid. Aber er glaubte doch nicht allen Ernstes, dass jemand Killer-Wespen züchtete?

Eine KRASS!-Reporterin stöckelte auf uns zu. Eh ich mich versah, packte Hilten meinen Arm und zerrte mich durch die Drehtür ins Hotel. Unglaublich, was für Kräfte so ein kleiner Pinguin entwickeln konnte, wenn er sein Nest vom Untergang bedroht sah. Direkt vor unserer Nase schloss sich die Fahrstuhltür.

„Mist!“ Hilton schob mich hinter eine der großen Marmorsäulen im Empfangssaal. Seine Augen scannten die Umgebung ab: Ledersofa, Frühstückssaal, Rezeption. „Hinter den Tresen!“

Ich hatte keine Zeit für Widerreden. In Windeseile waren wir hinter das Servicepult der Rezeption verschwunden. Auf den Boden versteht sich. Wie zwei unerzogene Jungs. Und links neben mir dir strammen Waden der Rezeptionistin auf Augenhöhe. Die Sache begann mir Spaß zu machen. Auf der anderen Seite des Tresens klackerten spitze

Absätze durchs Foyer. Die Rezeptionistin schielte Hilten verwirrt von oben herab an. Der wedelte abwehrend mit den Armen. „Wir sind nicht da!"

Das Klackern stoppte. „Entschuldigen Sie ..."

„Herr Hilten ist leider gerade in einer Besprechung", fiel die Rezeptionistin der Reporterin ins Wort.

„Aber ..."

„Wenn Sie möchten, können Sie gerne solang in der Lounge warten."

Das Klackern entfernte sich wieder. Die Empfangsdame schickte ein verschmitztes Lächeln in unsere Richtung. Gefolgt von einer Wolke lieblich, beerigem Damenparfum.

Hilten erhob den Daumen. „Sagen Sie Bescheid, wenn sie weg ist. Und sorgen Sie dafür, dass die Freundin der Toten dort draußen auf ihrem Zimmer gut umsorgt wird."

Die Rezeptionistin nickte. Ob sie mich hier hinter dem Tresen nicht auch ein wenig umsorgen könnte? Neckisch zwinkerte sie mir zu. Ich fühlte mich bei meinen schelmischen Gedanken ertappt, was ich mit einem interessierten Blick in die Ablagefächer zu überspielen versuchte. Dabei erspähte ich einen Stapel Fotos, auf dem ein Post-it klebte: *Für Linda und Babs.*

„Moment mal. Linda? Ist das nicht die Freundin der Toten?"

Hilten hielt sich den Finger vor den Mund und nickte. „Babs, also die Tote und Linda haben ein Beste-Freundinnen-Wochenende bei uns gebucht.

Wellness, Massage und ein professionelles Beste-Freundinnen-Fotoshooting."

Ich blätterte die Bilder durch. Seltsam. Nach einem Beste-Freundinnen-Fotoshooting sah das nicht aus. „Das sind doch fast nur Bilder von Babs, der Toten."

Hilten war genauso verwundert wie ich.

Ich überlegte. „Wer macht die Fotos?"

„John Stitch, unser Hausfotograf. Er hat sein Studio im Keller."

Die Rezeptionistin meldete sich. „Sie ist weg."

Ich stieß Hilten auffordernd in die Seite. „Ab in den Keller!"

Hinter einer breiten Milchglastür mit der Aufschrift *Foto-Studio* ertönte das rhythmische Ploppen der Blitzanlage. Dazwischen Yeah-Rufe. Dann Stille. Tosender Applaus folgte. Die Tür öffnete sich, und Helene Zwitscher kam zum Vorschein. „Hallo."

Mir sackte die Kinnlade herunter. „Hallo", japste ich zurück. Was für ein Lusttempel. Und ich Idiot hatte meine letzten beiden Tage in Schlammwannen verschwendet.

„Herr Huber!"

Ich zuckte, als ich meinen Namen hörte. Hilten winkte mich ins Studio. Die Wände waren übersät mit Natur- und Insektenfotos in Postergröße. Adrenalin schoss durch meine Adern: Wespen!

Ein sonnengebräunter Italo-Macho in Bermudashorts und Flip-Flops reichte uns die Hand.

„Was kann ich für euch tun?"

Angestachelt von den Fotos, griff ich automatisch nach meinem Dienstausweis. „Huber. Kriminalpolzei."

John Stitch sah mich verstört an. Erst jetzt bemerkte ich, dass ich meine Brieftasche in der Hand hielt und stolz mein dreißig Jahre altes Führerscheinfoto präsentierte. Ich Idiot! Ich war im Urlaub und nicht im Dienst. Ich steckte die Geldbörse zurück und tat als wäre nichts gewesen. „Sie kennen Babs und Linda?"

Stitch stammelte. „Ja. Natürlich. Wir sind zusammen aufs Gymnasium gegangen."

Ertappt. Natürlich war das reine Vermutung gewesen. Dieser Trick funktionierte einfach immer wieder. Ich spitzte die Ohren.

„Die sind für ein Wochenende hier. Ich dachte, ich guck nicht richtig. Linda hab ich beinah nicht wiedererkannt."

Die Sache wurde interessant. „Wieso?", fragte ich.

„Linda war potthässlich früher. Die hatte locker dreißig Kilo mehr. Und jetzt? Wow!"

Ich analysierte seinen Blick. Dieses Flimmern in Johns Augen. Ich konnte es nicht erklären. Aber ich spürte, dass Mr. Latino nur die halbe Wahrheit erzählte. „Warum haben Sie dann nur Babs fotografiert?"

Er verstummte. Jackpot. Geduldig wartete ich die Antwort ab.

„Babs und ich waren zusammen damals. Eine beschissene Idee von Linda, mich hier zu überraschen. Da kommt alles wieder hoch. Ich wünschte, Babs wäre ..."

„Tot?"

John Stitch und ich erstarrten. Ich traute meinen Ohren nicht. Hilten? Sein Gesicht war rot wie eine Partytomate. „Babs ist heute auf bestialische Art ums Leben gekommen." Er watschelte zur Wand, als drohte ein gigantischer Gletscher auf ihn herabzustürzen, riss eines der Insektenfotos herunter und hielt es John direkt vor die Nase. „Durch Wespen."

John geriet ins Schleudern. „Das ... das kann nicht sein. Ich ... ich habe ihnen doch extra noch eine Wespenfalle mitgegeben. Wegen der Allergie."

Ich wurde hellhörig. „Eine Wespenfalle?"

„Ja. Sie haben sie mit hochgenommen."

In mir begann sich diese gewisse Unruhe breit zu machen. Dieses kriminalistische Gefühl, das man nur schwer beschreiben konnte. Der Instinkt, der einem sagte, etwas ganz nah auf der Spur zu sein. Vielleicht hatte Hilten ja doch recht, und es war kein Unfall? Ich musste mir die Wespenfalle unbedingt ansehen. Hilten führte mich zu Lindas Zimmer.

Die Notärztin öffnete. „Sie schon wieder?"

„Das wollte ich auch gerade fragen."

Die Ärztin lächelte und ließ ihre Hand mit einem verführerischen Schwung über ihr Dekolleté wandern. „Gibt es etwa noch mehr Tote, Herr Kommissar?“

„Nein.“

Hilten übernahm. „Wir möchten mit Linda sprechen.“

„Ich habe ihr ein Beruhigungsmittel gegeben. Aber es geht ihr gut.“ Die Ärztin führte uns hinaus auf den Balkon.

Linda sah schrecklich aus. Offensichtlich hatte sie zu all ihrem Leid auch noch einen Sonnenbrand bekommen. Die Wespenfalle hing direkt neben ihr. Das Konstrukt erkannte ich sofort. Eine Art Schale voll Lockflüssigkeit, in der bereits haufenweise Wespen zappelten. Auf dem Balkontisch vor ihr waren die Sachen aus dem Boot ausgebreitet. „Wo ist der Lockstoff?“

Linda sah mich schlaftrunken an. Die Beruhigungsmittel taten ihre Wirkung. Die Notärztin reichte mir ein Fläschchen. „Das hier.“

„Die Flasche ist ja leer.“ Bei diesem Verbrauch musste die Plage gewaltig sein.

Die Notärztin nickte. „Ich habe den Rest gerade noch nachgelegt.“

Das klang, als hätte sie sich selbst damit eingerieben. Das würde vielleicht zumindest das Prickeln in meiner Lendengegend erklären. Diese Frau hatte etwas an sich, das mich magisch anzog. „Moment!“, platzte es aus mir heraus.

Hilten schoss in die Höhe. „Was ist?“

Ich hob meine Hand und überlegte. Selbst eingerieben. Das könnte es tatsächlich sein. „Wieso haben Sie eigentlich einen Sonnenbrand, Linda? Haben Sie sich gar nicht eingecremt?“ Ich griff nach der Flasche Sonnencreme aus dem Boot. „Sie hatten die hier doch dabei?“

„Schon“, lallte sie. „Aber ich war ja im Wasser.“

„Seltsam. Hier steht *wasserfest.*“ Ich spürte, wie alles um mich herum den Atem anhielt. Langsam öffnete ich die Flasche und spritzte etwas von der Creme auf den Balkontisch. Bereits wenige Sekunden später tummelten sich mehrere Wespen in der weiß-milchigen Suppe. „Sie haben die Creme mit dem Lockmittel verdünnt, nicht wahr? Deswegen sind Sie nach dem Eincremen auch sofort ins Wasser. Sie fürchteten, dass die Wespen sonst auch über Sie herfallen würden.“

Linda zitterte am ganzen Körper.

Ich konnte es nicht fassen. Hilten hatte tatsächlich recht gehabt mit seiner Vermutung. „Aber warum?“

„Warum? Alles habe ich gemacht, um zu werden wie sie. Diäten, Sport, Kosmetik. Schauen Sie mich an! Und der Idiot macht nur Fotos von Babs. Sie hat John doch nur benutzt. Ich war in ihn verliebt. Nur ich allein!“

Ich drückte Hilten die Flasche mit der präparierten Sonnencreme in die Hand. „Da haben Sie Ihr Beweisstück. Der Fall ist gelöst.“ Vom Balkon aus warf ich einen letzten Blick auf den Halterner Stausee. Dann ging ich in Richtung Tür.

„Halt!“, rief die Notärztin mir hinterher.

Ich fuhr herum.

„Hatte Herr Hilten Ihnen nicht einen Monat kostenlosen Aufenthalt als Lohn versprochen?“ Das verführerischste Lächeln dieser Welt huschte über ihr Gesicht. „Und einer Begleitperson?“

In mir brodelte es. „Allerdings!“

Gerald, der Große

Akten-Nr.: 15
Tatort: Hamburg
Rekonstruktion des Tathergangs.

„Töte sie!", schrie Anke ihn an. Gerald spürte, wie ihm das Adrenalin in die Adern schoss, ihn in einen Tiger verwandelte. In solchen Momenten vergaß er seine Ängste. Wen interessierten Moral und Etikette? Dann dachte er nur an seinen Traum: über sich hinauszuwachsen, das Steuer an sich zu reißen, Bestimmer zu sein. Lange genug hatte er die Dinge hingenommen, wie sie waren. In solchen Augenblicken spürte er, dass er etwas verändern konnte. Dass er auch so sein konnte wie die Menschen, die ihn tagtäglich durchs Leben kommandierten - besser!

Er verengte seine Augen und fixierte das Opfer. Der Anblick der zitternden Lenden brachte sein Blut zum Kochen. Er befeuchtete seine Lippen und fletschte die Zähne zu einem breiten Grinsen. Wie das kleine Ding in der Ecke kauerte und um sein Leben flehte - ein Bild, das er noch für einen Augenblick genießen musste. Gleich würde alles viel zu schnell gehen. Dann würde das Leben aus seinem Opfer herausschießen wie die Luft aus einem platzenden Luftballon - dann wäre er wieder der Alte, der Hilflose.

Ankes plötzliches „Mach schon, bring sie um!",

zertrampelte sein Hochgefühl wie ein Elefant den Porzellanladen. Er sah sie an. Die Form ihrer Schenkel erinnerten ihn in der Tat an einen Elefanten. Was war nur aus seiner Anke geworden? 30 Jahre Ehe hatten die grazile Elfe vom Riesenrad in eine wabernde Hexe verwandelt.

„Jetzt mach, was ich dir sage. Schlag zu! Bring sie endlich um!"

Er zögerte. Das Fenster stand offen. Was sollten die Passanten auf der Straße denken, wenn sie seine Anke so hörten: *Mach, was ich dir sage!* Auslachen würden sie ihn. Er, das Weichei, das sich von seiner Frau herumkommandieren ließ. Keinen Schritt mehr könnte er auf die Straße wagen. Versauern würde er. Hier in diesem miefenden, kleinen Hamburger Loch. Nein, es war Zeit, die Dinge in die Hand zu nehmen.

„Was glotzt du mich so an, du Versager. Schlag zu, jetzt!"

Versager? Er war kein Versager. Nicht er. Gerald blickte zurück auf sein Opfer. Er erhob das Nudelholz. Die Maus erstarrte. Kein Zittern mehr. Im Gegenteil - mit nahezu heldenhaftem Stolz fixierte sie Geralds Blick. Die Irritation ließ die Muskeln in seinen Armen erschlaffen. Diesen Moment machte sich die Maus zunutze, flitzte zwischen seinen Beinen hindurch und rannte geradewegs auf Anke zu. Anke schrie. Mit der Grazilität eines Nilpferds sprang sie auf den Tisch, vom Tisch auf den Stuhl, vom Stuhl auf die Fensterbank und ...

Stille kehrte ein. Gerald brauchte einen Moment. Er trat ans Fenster heran. Offensichtlich hatte er ihre Mausphobie unterschätzt. Tatsächlich. Anke stand auf dem Fußweg der Feldstraße. Sie war tatsächlich gesprungen. Zwar nur aus dem Hochparterre, aber sie war gesprungen.

Irgendwie gefiel ihm der Anblick seiner Anke: barfuß im Schnee. Die dicken Lippen wie ein sterbender Karpfen immer wieder zum stummen „O“ formend. Die aufgerissenen Augen. Die Schneeflocken, die sich in ihrem mistgelben Schlafanzug verfingen. Die Lichter des Winterdoms, die sich teilweise darin spiegelten. Er erhob seinen Blick und betrachtete das Treiben auf dem Heiligengeistfeld. Die Bürotürme der Reeperbahn waren nichts als aufgestellte Zahnstocher neben den tanzenden Farben des gewaltigen Riesenrades. Fasziniert folgte Gerald den Gondeln. Ihre Bewegung war wie das Leben: ein stetes Auf und Ab. Sein Leben war weit genug bergab gegangen. Die Zeit war reif für einen Aufstieg.

Er zwinkerte. Sofort hallte Ankes Stimme wieder durch seinen Schädel. *Wer hoch steigt, kann tief fallen.* Doch was ihm bisher stets Angst eingejagt hatte, schien ihm in diesem Augenblick wie eine Erlösung zu sein. Gerald kam eine Idee. Konnte es tatsächlich so einfach sein? Einen Versuch war es wert. Er rieb sich die Hände. Endlich hatte er etwas gegen sie in der Hand. Etwas, das alles für immer verändern könnte. Die Uhr an der

Wand zeigte auf kurz nach vier. Wenn er sich beeilte, würde er es noch nach Altona in die Zoohandlung schaffen. Seine Mundwinkel zuckten vor Erregung. Der Plan in seinem Kopf war genial. Und der unwiderlegbare Beweis: Nein, er war kein Versager.

Schon am nächsten Abend schlenderte er mit seiner Anke zwischen Fahrgeschäften und Imbissbuden hindurch.

„Das war eine wunderbare Idee, mein Gerdibärchen." Ihr Kopf sank auf seine Schulter.

Der Wind blies ihm ihre Haarsträhnen ins Gesicht, direkt unter die Nase. Er presste seine Lippen zu einem bestätigenden „Mhh-mhh" aufeinander. Alles an ihren köterblonden Zotteln stank nach Egoismus und Habgier. Er roch abgestandenes Frittierfett, Aldizigaretten, Billigshampoo und wirkungslose Deokristalle. Allesamt Zeugen ihrer übertriebenen Sparsamkeit.

Gerald überlegte. *Dreißig Jahre.* Er verstand nicht viel von Geld. Aber genug, um zu wissen, dass Zins und Zinseszins selbst dem ärmsten Sparer in dieser Zeit ein kleines Vermögen bescheren konnten. Was für ein Triumph. Er würde nicht nur frei sein, sondern auch reich – er, Gerald, der Große.

Voller Vorfreude fütterte er sie mit Schmalzkuchen. Zähmte sie mit Glühwein. Genoss, wie die

Ahnungslosigkeit in ihren Augen das Adrenalin aus seinen Zellen kitzelte.

Dann endlich war der große Moment gekommen. Angeschickert steuerte Anke auf das Toilettenhäuschen zu. Gerald schlug vor, auf ihre Handtasche aufzupassen.

„Du kleiner Gentleman." Ihre Augenlider flatterten mit dem Tempo einer Nähmaschine.

Klein? Gerald war nicht klein. Mit hochgezogener Augenbraue betrachtete er Ankes schaukelnden Hintern. Dummes, fettes Ding, triumphierte er, du wirst deinen Gerald schon noch kennenlernen.

Kaum war sie hinter die Tür verschwunden, holte er die Dose mit den drei weißen Mäusen aus seinem Rucksack. Ein Tier nach dem anderen packte er am Schwanz und platzierte es in ihrer Handtasche. Für einen kurzen Augenblick beobachtete er die kleinen Näschen: entzückend, wie sie Handy, Weihnachtsmarmelade und kandierte Äpfel umtänzelten. Dann erst schloss er den Reißverschluss. Als sie wenig später zurückkam, säuselte er in ihr Ohr: „Na, meine kleine Prinzessin?"

Sie kicherte.

„Ich habe eine Überraschung für dich."

„Eine Überraschung?"

Er legte seinen Arm um sie und drückte sie an sich. Im Fernsehen hatte er Leute gesehen, die ihre Leichen mit Steinen beschwerten. Seine Anke brauchte das nicht. Über die Jahre hatte sie von selbst die Schwerkraft zu ihrer besten Freundin gemacht.

„Was hältst du von einer Runde auf dem Riesenrad?"

Ihre Augen funkelten wie Eiskristalle. „Eine traumhafte Idee."

Er führte sie zur nächsten freien Gondel. Gekonnt beiläufig legte er ihr die Handtasche auf den Schoß. Sie senkte ihren Blick zu Boden. „Gerdibär, mein Herz rast vor Glück."

Er kitzelte ihre frostroten Wangen. „Glaub mir, meins auch, mein Moppelchen."

Sie kicherte. „So kenne ich dich ja gar nicht, Gerdibär."

Allerdings, säuselte es durch seinen Kopf. Zeit für seinen großen Auftritt. Mit einer theatralischen Geste griff er sich an die Brust.

„Was hast du?"

Er stützte sich auf ihre Knie und röchelte. „Ich weiß auch nicht. Meine Höhenangst."

Nur mit Mühe konnte er seine Freude über ihren besorgten Blick verbergen. Das stundenlange Üben vor dem Spiegel hatte sich gelohnt. Seine Rolle beherrschte er perfekt. Zu allem Überfluss blies der Wind ihm eine Träne ins linke Auge. Der perfekte Moment, um sich aufzurichten. „Weißt du was, mein Engel. Fahr du allein. Ich werde von unten aus zusehen und in Erinnerungen schwelgen." Er gab ihr einen letzten Kuss und verließ die Kabine.

Getragen von Weihnachtsmusik schwebte sie dem Himmel entgegen. Sein Herz machte einen Sprung, als sie ihm zuwinkte und „Ich liebe dich!“ rief. Nie war er seinem Traum so nah. Endlich würde er der sein, der er wirklich war: Gerald, der Große.

Seine Hand wanderte in seine Hosentasche und Griff nach dem Handy. Die Zeit schien stillzustehen. Das Warten hatte ein Ende. Gerald war am Steuer - Bestimmer über das Schicksal. Und niemand würde ihn daran hindern können. Er war ein Genie.

Nur noch wenige Meter fehlten, bis Ankes Gondel den höchsten Punkt erreichte. Er wählte ihre Nummer. Die Welt um ihn herum verschwand im Rausch. Das Display bestätigte die hergestellte Verbindung. Es klingelte. Er stellte sich vor, wie sie jetzt ihre Handtasche öffnete, um nach dem Telefon zu sehen, wie ihr aus der Reißverschlusstasche die Mäuse entgegensprangen. Schweiß rann die Innenseite seiner Arme entlang. Genau in diesem Moment hallte ein hysterischer Schrei von oben herab. Gerald atmete tief. Oh, wie es ihn erregte. Ein Raunen hetzte durch die Menge vor dem Riesenrad. Ein Passant schrie: „Nicht!“ Gänsehaut. Kreischend sprang die Menge auseinander.

Gerald fragte sich, ob er hinaufschauen sollte, um zu sehen, wie sie fiel. Da packte es ihn. All die Demütigung der letzten Jahre fiel von ihm ab wie die Hülle einer Schmetterlingspuppe. Schier übermenschliche Kraft schien durch seinen Körper zu strömen. Der Gedanke an ihr volles Konto jagte einen unkontrollierbaren Lachkrampf durch seinen Körper. Gerald warf seinen Kopf in den Nacken. Von der obersten Gondel her raste eine Handtasche auf seinen Schädel zu. Gerald erstarrte. Wie schwer wohl zwei Äpfel und ein Marmeladenglas beim Sturz aus sechzig Meter Höhe sind?, fragte er sich noch.

Pasta Assassinio

Akten-Nr.: 16
Tatort: Hamburg, St. Pauli
Es berichtet: Walter Fuchs (Polizist)

Mit Mühe wühlte ich mich durch die Gaffermenge. Der Tote klebte mitten auf dem Gehweg, von oben bis unten übergossen mit lauwarmer, übel riechender Bolognese. Sofort erkannte ich sein Gesicht: Johnny Schnulze, der Rotlichtrocker von der Herbertstraße. Direkt neben ihm lag ein dunkelblauer, umgekippter Großfamilienkochtopf. Ich blickte nach oben. Von welchem Balkon der Topf auch gefallen war: Einen Schlag mit solch einem massiven Pastageschoss hätte niemand überleben können.

Tragisch irgendwie. Dutzende Schießereien hatte Bordellbesitzer Johnny Schnulze auf dem Kiez überlebt, um nun vor seiner Wohnung in St. Pauli von einer Ladung Bolognese erschlagen zu werden.

Der Mörder musste noch im Haus sein. Aus der ersten Etage drang Geschrei. Dem Gezeter nach zu urteilen, kämpfte sich die streitende Meute durch die Wohnung ins Treppenhaus und bewegte sich von dort aus polternd und klirrend auf den Hauseingang zu. Wild gestikulierende Schatten hechteten hinter den Fenstern vorbei. Rasch griff ich nach meiner Waffe. Im selben Moment sprang die Haustür auf.

„Hilfe! Verrücktes Furie! Polizia!“ Eine gewaltige Frau mit pechschwarzem, hochgebundenem Haar walzte sich protestierend ins Freie.

Hinter ihr schwang eine rüstige Rentnerin einen Spaten durch die Luft. „Dreckspack! Mörder!“ Speicheltropfen folgten den Ausrufen der alten Dame.

Panisch vor Angst raste die Pastamama auf mich zu. Jeden Augenblick würde sie mich niederwalzen und ich wie eine Briefmarke neben der Bologneseleiche auf dem Bürgersteig kleben.

Ich richtete meine Waffe auf die beiden und rief mit vollster Inbrunst: „Stopp!“

Unverzüglich zog Pastamama die Notbremse. Ihr hysterisches Gekreische klang wie die quietschende Bremse einer ausrangierten Dampflok. Der Schweiß schoss mir aus allen Poren. Wenige Zentimeter vor mir kam sie zum Stehen. Ein erleichtertes Raunen ging durch die Gaffermenge.

„Sie hat ihn umgebracht! Sie war es, Herr Kommissar!“, sprang die Rentnerin hinter ihr hervor.

„Lüge. Alles Lüge!“

Mutig stemmte ich mich zwischen die Streitenden, richtete meine Waffe gen Himmel und gab einen Warnschuss ab. „Ruhe!“ Räudig versteckte die Alte den Spaten hinter ihrem Rücken. Endlich Stille. Ich atmete tief durch. „Was ist passiert?“

Die Alte sprudelte wie ein Wasserfall. „Ich wohne hier im Hochparterre. Seit die Testas über mir eingezogen sind, kochen sie jeden Tag Pasta.“

„Nixe Wahrheit.“

„Und ob“, keifte die Alte zurück. „Das ganze Haus stinkt danach.“

„Stinken? Meine Pasta isse Kunst!“

Die Alte lachte. „Immer stellen Sie den Fraß auf das Balkongeländer zum Auskühlen. Von Anfang an habe ich gesagt: Eines Tages wird noch jemand davon erschlagen.“

Nun gut. Ich betrachtete den Pastatopf. Durch einen Windstoß wurde er sicher nicht vom Balkongeländer gefegt. Und dass er dann auch noch ausgerechnet auf dem Kopf eines stadtbekannten Zuhälters landete, schien mir ein merkwürdiger Zufall zu sein.

„Hausmeister!“, platzte es aus der Italienerin heraus.

„Herr Schläger?“, fragte die Alte aufgeregt.

„Ja! War gerade bei mir wegen Heizung ablesen. Hat er gemacht in Wohnzimmer und ich waren auf Toilette. Komme wieder, er weg und sie unten laut schreien.“

In den Augen der Alten kochte die Wut. „Der kann was erleben!“

Böses ahnend rannte ich die Treppen hoch. Hinter mir die rachelüsternen Kampfweiber.

„Festnehmen!“

„Assassinio!“

Ich nahm die Beine in die Hand. Wenn ich die Wohnung nicht mit genügend Vorsprung erreichte, drohten Mord und Totschlag. Meine Lungen pumpten Luft. Endlich. Schlägers Klingelschild.

Unerbittlich hämmerte ich gegen die Wohnungstür.

„Aufmachen! Polizei." Nichts passierte. Ich spähte über das Treppengeländer. Pastamama kämpfte sich die Treppen hoch. Die Spatenrentnerin hinter ihr. „Schneller!" Immer wieder versuchte sie verzweifelt, an den Seiten der Dicken vorbeizuschlüpfen. Sie waren nur noch wenige Stufen entfernt.

„Aufmachen!"

Endlich klapperten Schlüssel. Die Tür öffnete sich. Ich sprang in die Wohnung und warf die Tür in letzter Sekunde hinter mir ins Schloss. Vor mir stand ein hagerer, kleiner Mann. Im Hausflur hörte ich die beiden Furien nach Rache schreien.

„Was ist da draußen los?", fragte Schläger.

„Herr Schnulze wurde von Frau Testas Pastatopf erschlagen."

„Unmöglich", stammelte er. „Ich war doch gerade noch unten." Er deutete auf meinen Bauch. „Wollen Sie einen Lappen?"

Verwundert blickte ich an mir herunter. Auf meinem weißen Hemd klebte ein frischer, großer Fleck Tomatensoße. Die Pasta? Aber wie war sie dort hingekommen? Plötzlich hatte ich eine Idee. Ich drehte mich um und spähte durch Schlägers Spion. Tatsächlich. Am Spatenstiel der Alten klebten Soßenreste. Ich konnte es nicht fassen. Sofort riss ich die Tür auf.

„Sie haben ihn umgebracht!“, rief ich der Alten ins Gesicht.

Stille. Die Alte stotterte mich mit aufgerissenen Augen an. „Unverschämtheit. Ich wohne im Hochparterre. Wie soll ich da einen Pastatopf auf den Schnulze werfen?“

Ich riss ihr den Spaten aus der Hand.

„Hiermit haben Sie ihn von ihrem Balkon aus erschlagen, nicht wahr? Dann haben Sie den Stiel des Spatens durch den Henkel des Topfes über Ihnen geschoben und ihn auf die Straße geschleudert, um den Mord Frau Testa in die Schuhe zu schieben.“

„Bugiarda!“, keifte Pastamama dazwischen.

„Dummerweise ist Pastasoße auf den Spatenstiel gespritzt.“ Triumphierend deutete ich auf den Fleck auf meinem Hemd.

Die Alte kniff ihre Augen zusammen. „Verdient hat er es! Dieses Ferkel. Jeden Tag schleppt er eine andere ins Haus, dann hemmungsloses Gestöhne.“

„Und hätte alles geklappt, wären Sie obendrein auch noch den Pastagestank losgeworden, nicht wahr?“

„Jesuse Christu!“ Frau Testa fiel in Ohnmacht.

Rudi und die Mädels von der Stange

Akten-Nr.: 17
Tatort: Prerow, Ostsee
Es berichtet: Erwin Drechsler (Kriminalkommissar)

Renate wischte sich die Tränen aus dem Gesicht. „Mein Süßer haut doch nicht so einfach ab. Die Mädels werden sterben vor Kummer." Das war typisch für meine Gastgeberin. Ihr Ein und Alles war verschollen, aber sie dachte nur an ihre Mädels. Allerdings machte das Rudis plötzliches Verschwinden umso rätselhafter. Hier bei Renate im romantischen Prerow war er der Hahn im Korb. Er hatte alles, wovon man nur träumen konnte.

„Wann hast du sein Fehlen denn bemerkt?"

„Na, heute Morgen." Sie atmete tief durch. „Ich bin viel später wach geworden als sonst. Es war ja so still."

Das erklärte mein fehlendes Frühstück ebenso wie Renates verquollenes Gesicht und ihr ungekämmtes Haar. In all den Jahren, die ich nun schon regelmäßig meinen Sommer-Urlaub bei ihr verbrachte, hatte ich sie noch nie ohne Make-up gesehen - geschweige denn im Morgenrock. Irgendwie erinnerte mich ihr Anblick an Mutter Beimer aus der Lindenstraße. Nur mit ein paar Kilos zu viel. Apropos Kilos - mein Magen knurrte.

Renate schnäuzte sich. Ihr Spitzentaschentuch, schlodderte wie ein Segel im Ostseewind. Ich versuchte, zu trösten. „Vielleicht ist er einfach für ein paar Tage ausgeflogen.“ Renate schüttelte entschieden den Kopf. „Niemals! Ja, anfangs - anfangs war er ja ein Rowdy gewesen. Da hat er jede genommen, die er kriegen konnte. Und die Mädels mussten ordentlich Federn lassen.“ Mit einer theatralischen Geste legte sie ihre flache Hand auf ihren ausladenden Busen. Der gigantische Bernsteinring an ihrem Mittelfinger brach sich im Sonnenlicht, das durchs Fenster schien. „Aber ich - ich habe ihm Manieren beigebracht.“ Für eine Sekunde wich die Trauer in ihrem Blick purem Stolz. „Ich habe ihn trainiert, bis er jede von ihnen wie eine Lady behandelt hat.“ Renate griff nach meiner Hand, als fürchtete sie, der Boden unter ihr könne sich auftun und sie verschlingen. „Erwin, du bist doch Kommissar. Du musst mir helfen, ja?“

Ihr Blick ging mir durch Mark und Bein. Mir war klar, dass sie sich unter diesen Umständen nicht an die Polizei wenden wollte. Und ich wusste, was ihr kleiner Schuppen ihr bedeutete. Auch ich hatte schon die eine oder andere freie Minute dort verbracht. Es klang vielleicht albern, aber zwischen Renates Hühnchen konnte man herrlich entspannen. Urlaub hin oder her - ich musste ihr einfach helfen.

Ich ließ mir ein Foto von Rudi geben und überlegte. Angenommen, es handelte sich tatsächlich um eine Kriminaltat - wo war dann das Motiv? Automatisch wanderte mein Blick über die unzähligen Urkunden und Pokale, die Rudi in den letzten Jahren auf sämtlichen Schönheitswettbewerben der Umgebung gewonnen hatte. Im selben Moment schickte Radio Ostseewelle die Chorgesänge der DE PREROW STROMer durchs Zimmer: „Mein Hahn ist tot, mein Hahn ist tot.“ Sofort brach Renate erneut in Tränen aus.

Andächtig schaltete ich das Radio ab und ging zum Stall. Wenn es ein Verbrechen war, dann hatten die Täter mit Sicherheit Spuren hinterlassen.

Gespenstische Stille empfing mich. Ohne Rudi wagte sich keine Henne nach draußen. Dicht aneinander gedrängt hockten sie auf der Stange und blickten mich verängstigt an. Ich suchte nach Indizien. Nichts. Keine Hinweise auf ein gewaltsames Eindringen. Keine Federn, die auf einen Kampf hindeuteten. Kein Kot, der auf eine Panikreaktion schließen ließ. Keine Pfotenabdrücke im Boden außerhalb oder gar einzelne Eierschalen als Hinweis auf einen tierischen Räuber.

„Sind sie krank?“

Erschrocken drehte ich mich herum.

Frau Missler gaffte vom Nachbarhof her durch den Maschendrahtzaun. Dabei kaute sie so aufgeregt auf ihrem Gebiss herum, dass der fette Pickel auf ihrer Hakennase Achterbahn fuhr. In ihrem Blick funkelte Schadenfreude. Kein Wunder. Im

Gegensatz zu Renates Prachtexemplaren, hätten ihre Hennen perfekte Statistinnen in einer Neuverfilmung der Weihnachtsgans Auguste abgegeben. Sie sahen aus wie lebendig gerupft. Erstaunlich, dass sie sich des Nachts nicht den Tod holten. Schließlich konnten Misslers Hennen ihre kahlen Stellen nicht wie ich unter einer Mütze wärmen.

„Rudi wird vermisst“, antwortete ich.

„Ha!“ Triumphierend stemmte die Missler ihre Hände in die Hüften. „Die Olle braucht eh keinen Hahn. Hab ich immer schon gesagt. Ich hab auch keinen. Jetzt ist er unterm Hammer.“

„Unterm was?“

Die Missler schien überrascht. „Na ja ... bei denen von ...“ Sie wand sich wie eine gebrechliche Katze. Ob es daran lag, dass ich sie auf dem letzten Strandfest Klatschweib genannt hatte? Ich zwinkerte ihr ein wenig Mut zu. „Nun sagen Sie schon! Ich erzähl es auch nicht weiter.“

Ihre Augen verengten sich zu verschwörerischen Schlitzen. „Bei denen von der Zimmerbörse!“, zischte sie mir in einer feuchten Speichelwolke entgegen. Misslers Haustürklingel läutete. Beinahe euphorisch wandte die Alte sich ab. So schnell es ihre Birkenstock-Imitate zuließen, watschelte sie davon. Offensichtlich hatte Frau Missler nicht oft Besuch. Amüsiert blickte ich ihr hinterher. Manchmal waren Tratschweiber eben doch zu etwas gut: Endlich hatte ich eine Spur. Umgehend machte ich mich auf den Weg zur Zimmerbörse Prerow.miert

Eine Türglocke über der Eingangstür verkündete meinen Besuch. Niemand reagierte. Der Informationstresen der Zimmerbörse war unbesetzt. Aus dem Hinterzimmer hörte ich seltsame Geräusche. Jemand schien Fleisch zu hacken. Dazwischen das Blubbern von kochendem Wasser. Umgehend erinnerte mich mein Magen daran, dass er den ganzen Morgen über noch keinen Bissen abbekommen hatte. Hallo?", rief ich.

Die Hackgeräusche verstummten. Stattdessen klackerten Spitze Absätze über den Laminatboden. Eine blonde Dame tänzelte aus dem Hinterzimmer - dem jugendlichen Aussehen nach zu urteilen wohl eher Ferienaushilfe als Angestellte. Als sie mich erblickte, klimperten ihre angeklebten Wimpern mit der Geschwindigkeit einer Nähmaschine. „Oh Verzeihung." Ihre rechte Hand griff nach einer ihrer Locken und wickelte sie um den Zeigefinder. „Wir kochen gerade." Ein Lächeln huschte über ihr Gesicht. „Mittagspause."

„Mittagspause", seufzte ich. Der verführerische Duft von Hähnchensuppe kroch mir in die Nase. Mir lief das Wasser in Mund zusa... Hähnchensuppe?! Ich spürte, wie mir aus Scham das Blut in den Schädel schoss. Andächtig nahm ich meine Mütze ab, zog das Foto von Rudi aus der Tasche und legte es auf den Tisch. „Kennen Sie den?"

Das Mädchen rollte die Augen. „Allerdings."

„Was soll das heißen?"

„Ständig beschweren sich die Gäste über diesen alten Gockel. Mit seinem lauten Kikeriki verjagt er uns noch die Touristen."

Wenn das nicht verdächtig klang.

„Er ist verschwunden", antwortete ich.

„Na, dann ist das ja jetzt abgehackt."

„Abgehackt?" Mir brach die Stimme vor Schreck.

„Abgehakt. Ich sagte abgehakt." Sie leckte sich die Lippen und lehnte sich auf den Tresen. Dabei bewunderte sie meine Halbglatze. „Sie müssen das verstehen. Nicht jeder mag laute Männer."

Nicht schon wieder. Ich tat so als würde ich diese sexuellen Anspielungen auf meinen kahlen Kopf das erste Mal hören und ... Stopp. Kahle Stelle? Sex? Was hatte Renate noch gesagt? Am Anfang hatte Rudi an ihren Hühnern keine Federn gelassen? Das war es doch! Dass ich nicht gleich darauf gekommen war. Ich rannte zurück zur alten Missler.

„Sie schon wieder?", wunderte sich die Alte.

Ich kam direkt zur Sache: „Ihre zerrupften Hühner, das sind Spuren eines paarungswütigen Hahnes."

Sie schien ihr Gebiss im Mund verbittert hin und her zu schieben. „Was weiß ich. Und wenn? Wen schert's?"

„Aber Sie haben gar keinen Hahn. Das haben

Sie selbst gesagt."

Die Missler schnappte den Türgriff und warf die Tür schwungvoll in Richtung Schloss. In letzter Sekunde stellte ich meinen Fuß dazwischen.

„Was soll das? Hauen Sie ab!"

Im Gegenteil. Ich kam erst richtig in Fahrt.

„Seit Renate Rudi das Treten ihrer Hennen ausgetrieben hatte, ist er regelmäßig über den Zaun geflattert und hat Ihre Hennen belästigt, nicht wahr? Da haben Sie ihn umgebracht und es den Damen der Zimmerbörse in die Schuhe geschoben."

„Unverschämtheit!" Wenn Missler Gift spucken könnte wäre ich in diesem Augenblick wohl auf der Stelle tot umgefallen. Ich griff nach einem Taschentuch und wischte mir den Speichel aus dem rechten Auge.

„Zweitausend?" Ein Mann mit zurückgegeltem Haar und Business-Anzug trat aus der Kellertür. „Ein Prachtexemplar. Ich nehme ihn."

Lebte er etwa noch? Ich stieß Frau Missler beiseite und stürzte in den Keller. Rudi hockte in einer viel zu engen, ehemaligen Legebatterie und blickte mich verängstigt an. Erleichtert schnappte ich mein Telefon und rief Renate an. Gott sei Dank, morgen würde ich wieder mein geliebtes Frühstück von ihr bekommen.

Verschwunden im Neandertal

Akten-Nr.: 18
Tatort: Neandertal
Es berichtet: Ben Pool (Student)

Zertrümmerte Schädel, Knochensägen, Bohrer. Das Kabinett des Dr. Hugo. Vielleicht wollte ich doch lieber nicht wissen, warum er sich mal soeben in Luft aufgelöst hatte. In sein Büro einzubrechen, war eine beschissene Idee gewesen. Ich hätte zur Polizei gehen sollen. Aber was sollte ich denen schon sagen? Mein verrückter Professor ist auf der Jagd nach einem lebenden Urmenschen im Neandertal verschwunden? Wunderbare Idee.

„Ben? Was machen Sie da?“

Scheiße! Mir gefror das Blut in den Adern. Frau Java, der Kinderschreck vom Souvenirshop, stand in der Tür und sah mich strafend an. „Ich ...“

„Ich höre.“

Ich dachte an die Faustkeilattrappen, die Frau Java tagtäglich verkaufte. Wahrscheinlich würde sie gleich mit einer auf mich einschlagen, wenn ich keine plausible Ausrede parat hätte. Auf Hugos Tisch lag noch immer seine Brieftasche. „Äh ... Dr. Hugo hat mich per SMS gebeten nachzusehen, ob er seine Brieftasche im Büro liegen gelassen hat“, log ich. „Ha, da ist sie ja!“ Ich schnappte sie mir und hechtete zum Ausgang. Frau Java packte mich mit ihren kalten, knöchrigen Fingern, warf die Tür hinter sich zu und kniff ihre Augen zusammen.

„Sie haben Kontakt zu Dr. Hugo?"

Voll in den Fettnapf. Ich stotterte.

„Wo ist er?", hakte sie nach.

„Ich weiß es nicht."

„Dann wissen Sie sicher auch nicht, dass kurz vor seinem Verschwinden fünfhunderttausend Euro unseres Forschungsetats illegal auf ein unbekanntes Konto in Liechtenstein überwiesen wurden?"

Fünfhunderttausend Euro? Mir wurde schwarz vor Augen. „Eine Menge Geld", japste ich.

Frau Javas Augen blickten mich durchdringend an. „Genug für einen gemütlichen Lebensabend am anderen Ende der Welt."

„So etwas würde er nie tun", konterte ich. „Nicht so kurz vorm Ziel. Er wollte morgen seinen Vortrag auf der internationalen Neandertal-Tagung halten." Endlich ließ sie mich los. „Außerdem. Woher wissen Sie überhaupt von dem Geld?"

„Bei mir im Shop wird viel geredet, Jungchen." Sie griff nach ihrer Brille und schielte über das Gestell. „Aber wenn du recht hast, dann ist der Doktor vielleicht in Gefahr? Hast du schon seinen Anrufbeantworter überprüft?"

Beeindruckt von ihrem Spürsinn checkte ich das Gerät und stellte fest, dass tatsächlich eine Nachricht vorhanden war. Eine weibliche Computerstimme diktierte die Namen Niklaus und Otto, sowie zwei dazugehörige Telefonnummern. Ich griff nach einem Zettel und notierte alles.

„Lösch das. Nutzlos." Bei Frau Javas Augenzwinkern bekam ich Gänsehaut. Dann öffnete sie wieder die Tür. Vor ihr stand ein sichtlich überraschter Professor Thiessen von der Forscherliga für Menschwerdung Bern - ein obskurer Doktorenklub, der seinen jährlichen Konferenzbeiträgen zufolge regelrecht im Geld schwamm. Von solchen Etats konnte das Neandertalmuseum nur träumen. Und wenn ich mir Thiessens karierten Anzug und die goldene Armbanduhr ansah, hatte ich auch eine Ahnung, wo das Geld landete. Bäh! Wenn dieser Typ versuchte, einen Kopfstand zu machen, würde er sicher auf seiner schleimigen Frisur ausrutschen und sich das Genick brechen. Thiessen presste seine schmalen Lippen nervös aufeinander. „Entschuldigen Sie, ich suche Dr. Hugo."

„Der ist nicht da", keifte Frau Java wieder in ihrer mir sonst so vertrauten Art und machte sich aus dem Staub.

„Wenn das so ist, dann bitte ich tunlichst um Verzeihung." Thiessen schob sich einen Ricola in den Mund - Gott sei Dank diesmal ohne einen Folgevortrag über die schweizerische Erfinderkunst - und verschwand ebenfalls.

Ich atmete tief durch und blickte auf meinen Zettel mit den Notizen vom Anrufbeantworter.

Den Namen Otto kannte ich nicht. Bei Niklaus hatte ich jedoch eine Idee. Es gab einen Dr. Niklaus Filipino von der Universität Wien, der speziell für die Tagung angereist war. Vielleicht konnte er mir etwas über die mysteriösen Zahlen verraten.

Dr. Filipino stand vor dem Tagungsraum und blätterte panisch in seinem Kalender. Als ich ihn ansprach, zuckte er zusammen „Junge. Was machst du hier?"

Ich betrachtete ihn argwöhnisch. Schweiß stand ihm auf der hohen Stirn. Hatte er etwas zu verbergen? Er schien meine Unsicherheit zu bemerken. Mit dem Charme eines Dr. Watson spähte er nach ungebetenen Beobachtern, näherte sich schließlich so dicht meinem Ohr, dass mich seine Schnurrbarthaare kitzelten, und flüsterte. „Hast du Dr. Hugo gesehen?"

„Das wollte ich Sie auch gerade fragen."

Er glotzte, als hätte ich eine Kröte verschluckt.

„Aber vielleicht können Sie mir weiterhelfen. Kennen Sie Otto?"

Er las meinen Zettel und wurde weiß wie ein Turnschuh. „Wo hast du das her?", fragte er. Ohne eine Antwort abzuwarten, holte er sein Telefon heraus und tippte wild auf die Tasten. „Das sind keine Namen, mein Junge, das sind Koordinaten.

„Koordinaten?" Ich war verwirrt. Geographie war eines meiner Lieblingsthemen an der Uni. Ich liebte es, mit meinen Freunden auf Schatzsuche zu gehen. Wieso war ich nicht darauf gekommen, dass es sich bei den Namen um Koordinaten handelte?

Dr. Filipino wechselte in den Lehrermodus und erhob seinen Zeigefinger. „Niklaus steht für Nordpol, Otto für Osten.“ Er zeigte mir das Handydisplay. Es verwies auf einen Ort im westlichen Neandertal, jenseits der Düssel, fernab vom Wanderweg. Das musste es sein! Tausende Gedanken flogen mir durch den Kopf. War Dr. Hugo tatsächlich der große Coup gelungen? Hatte er den mysteriösen Urmenschen im Neandertal gefunden? Adrenalin schoss in jede Zelle meines Körpers. Ich betete, dass es sich bei dem mysteriösen Einsiedler nur um einen harmlosen Obdachlosen im Lendenschurz handelte. Nicht auszudenken, wozu ein lebendiger Mensch in unserer Zeit fähig wäre. Ich prägte mir den Ort auf der Karte ein, so gut es ging, und eilte davon.

„Junge? Warte! Was hast du vor? Das ist gefährlich!“

Ich ignorierte Dr. Filipino und rannte so schnell es meine Beine zuließen.

Gute fünf Minuten hetzte ich den Wanderweg entlang, watete durch die Düssel, kraxelte einen Abhang hoch. Hier musste es irgendwo sein. Wo lag nur diese verdammte Höhle? Hinter mir knackte Holz. Ein Schatten. Das Herz schlug mir bis zum Hals.

„Wer ist da?"

Keine Antwort. Ein Reh sprang aus einer von Zweigen verdeckten Kuhle hervor. Vorsichtig näherte ich mich der Stelle. Tatsächlich: die Höhle. Der Eingang lag kaum sichtbar unter einer gewaltigen Eichenwurzel. Ich spähte ins Dunkel. „Hallo?" Mein Herz zitterte, warf sich immer wieder gegen meinen Brustkorb, als wollte es davonrennen.

Ich lauschte in das Rauschen der Blätter hinein. Niemand antwortete. Ich war auf mich allein gestellt. Für den Bruchteil einer Sekunde überlegte ich, die Sache abzubrechen. Aber dann – verdammt noch mal – es ging um das Leben von Dr. Hugo. Und um die vielleicht spektakulärste Entdeckung des Jahrhunderts. Ach Quatsch: Jahrtausends! Ich nahm all meinen Mut zusammen und betrat die Höhle.

Felsmalereien zierten den Eingang. Vorsichtig schritt ich ins Halbdunkel. Ein hervorstehender Felsen versperrte mir den Blick in die gesamte Höhle. Ich schlich an ihm vorbei und – das blanke Entsetzen packte mich. Verdammt. Dr. Hugo. Leblos und blutüberströmt lag er am Boden. Ich beugte mich über ihn, um den Puls zu fühlen. Doch schon allein die Temperatur von Hugos Haut stellte zweifelsfrei klar, dass ihm nicht mehr zu helfen war. Ich schloss seine Augenlider. Direkt neben Dr. Hugos leblosen Körper lag etwas am Boden.

Eine Art Papierzettel. Ich hob es auf und betrachtete es genauer. Das war kein Zettel. Es handelte sich um Bonbon-Papier. Ricola?

„Ganz schön clever, Junge!"

Ich fuhr herum. Thiessen stand direkt hinter mir. Bei seinem Anblick fiel es mir wie Schuppen von den Augen. Natürlich! Niklaus und Otto - deswegen war ich auch nicht auf die Koordinaten gekommen - die Namen stammten aus der schweizerischen Buchstabiertafel. Ich zählte eins und eins zusammen. „Sie haben Hugo in der Hoffnung auf einen Fund für fünfhunderttausend Euro die Koordinaten verkauft, ihm aufgelauert und erschlagen?"

„Wovon redest du?"

„Sie haben Frau Java und mich belauscht, als wir in Dr. Hugos Büro waren. Deswegen waren Sie auch so nervös. Sie wussten, dass wir die Koordinaten auf dem Anrufbeantworter entdeckt hatten."

Wieder ein Rascheln. Holzknacken. Auf der Höhlenwand hinter Thiessen sah ich einen buckligen Schatten zum Schlag ausholen. Ich wollte Schreien. Doch der Schock ließ mich zur Salzsäure erstarren. Wie in Trance hörte ich den dumpfen Aufschlag, als der dicke Ast Thiessens Schädel traf. Thiessen sah mich verdutzt an. Ich spürte, dass er etwas sagen wollte. Dann der Kurzschluss in seinem Gehirn. Mit aufgerissenen Augen sank er zu Boden und gab den Blick auf den Angreifer hinter ihm frei. Ich schluckte. Mit allem hatte ich gerechnet. Aber das? Ich kannte solche Augenblicke aus dem Kinosaal, wenn das eintraf, worauf man den ganzen Abend lang hingefiebert hatte: die Lösung des großen Mysteriums. Die endgültige Konfrontation mit dem Monster. Nur mit dem Unterschied, dass das hier kein Film war, sondern bittere Realität. Auch wenn Frau Java nur eine kleine, alte Frau war. Die Keule, die sie in der Hand hielt, sah furchteinflößend aus. Und dass sie damit umzugehen wusste, hatte sie eindrucksvoll unter Beweis gestellt. Verdammt. Ich saß in der Falle.

Sie schien es zu genießen. „Hallo, mein Kleiner“, hauchte sie.

„Sie haben Dr. Hugo umgebracht?“, stotterte ich.

„Denkst du, ich will ewig Faustkeile aus Gips verkaufen?“

„Sie haben das Geld?“

„Was kann ich dafür, wenn dieser Spinner eine halbe Million für ein paar Zahlen abzwackt?“

„Dann hat Filipino gar nichts damit zu tun?“

„Abfall“, spuckte sie. „Selbst schuld, wenn er überall seine Nase reinstecken muss. Genau wie du, unerzogenes Würstchen. Jetzt mache ich Kotelett aus dir.“

Was zum Henker tat ich hier? Warum hatte ich nicht auf Dr. Filipino gehört? Wie in Trance sah ich die alte Java mit verzerrter Miene zum finalen

Schlag ausholen. Ich dachte an meine Familie, meine Freunde. Gleich würde alles zu Ende sein. *Bitte, lass es schnell gehen.*

Im selben Augenblick stürmten Polizisten die Höhle. „Hände hoch! Sie sind verhaftet!"

Hinter ihnen erschien Dr. Filipino auf der Bildfläche. „Mein Gott, Junge. Bist du okay?"

Ich nickte. Erschöpft sank ich auf den kalten Höhlenboden.

Einer geht noch rein

Akten-Nr.: 19

Tatort: München, Oktoberfest

Es berichtet: Addi Huber (Polizist)

Normalerweise kümmerte ich mich auf der Münchener Wiesn nur um Alkoholleichen. Die meisten kamen glimpflich davon. Ein paar Stunden Schlaf, dann standen sie wieder auf und stürmten die Festzelte auf der Theresienwiese, um erneut „Ein Prosit der Gemütlichkeit!“ zu grölen. Normalerweise. Ausgerechnet für Schlagersternchen Hanna Hossa würde es mit Sicherheit kein Prosit mehr geben. Aus der Wunde auf ihrer Stirn tropfte dickes Blut auf ihre Dirndlbluse. Ihr Halstuch war nass vom Inhalt des zerschmetterten Maßkruges. Behutsam packte ich es für die Kollegen der Kripo in eine Plastiktüte. „War noch jemand hier im Backstage-Bereich, als Sie sie gefunden haben?“, fragte ich.

Der Fahrer, der für die Schlagerstars der Liveshow zwischen Hotel und Hyppodrom pendelte, deutete auf Hannas schnarchenden Gesangskollegen Hansi Hossa.

„Sonst niemand?“

Er schüttelte den Kopf. „Die sind alle im Festzelt auf der Bühne.“

Ich fragte mich, ob das T-Shirt des Fahrers eine

Art Uniform war. Zwar war ich als waschechter Bayer selbst ein gewaltiger Caroline-Raspel-Fan, aber mit einem T-Shirt von ihr würde ich dann doch nicht herumlaufen. Erst recht nicht als Promi-Chauffeur. Andererseits - irgendwie passte dieses Outfit zu seinem schütteren Haar und der geschmacklosen Hornbrille. Ich konzentrierte mich wieder auf meine Arbeit. Auf dem Tisch standen zwei Maßkrüge. Ein dritter war beim Mord zu Bruch gegangen. Hanna und Hansi waren aber nur zwei Personen. Wer also hatte aus dem dritten Maßkrug getrunken und damit Hanna erschlagen?

Ich stupste mit meiner Fußspitze gegen Hansis Lederhose. „Herr Hossa?"

In Duracell-Häschen-Manier setzte sich Hansi auf und schwang seine Arme durch die Luft. „Hossa! Hossa!"

Ich nutzte die Gunst der Stunde. „Mit wem haben Hanna und Sie hier gemeinsam Bier getrunken?"

Hansis Augen drehten sich im Rhythmus der trötenden Blaskapelle im angrenzenden Hyppodrom. Jede Sekunde würde er erneut die Besinnung verlieren.

Rasch hakte ich nach. „Hier war doch noch einer!"

„Einer!" Hansi klatschte in die Hände. „Einer geht noch, einer geht noch rein." Dann rülpste er. Eine Welle wanderte durch seinen Körper und gipfelte in einem Strahl dunkelbrauner Flüssigkeit. Nach Magensäure und Weizen stinkende Schaumkronen krochen über sein Holzfällerhemd. Hansi kippte zur Seite, klatschte mit seinem Gesicht auf den Zeltboden und schnarchte weiter.

„Der Junge ist ein Trauerspiel", grummelte der Fahrer. „Zu nichts zu gebrauchen. Dumm wie Brot."

Ich erhob Einspruch. „Aber musikalisch."

„Musikalisch? Bloß weil er ein Akkordeon halten kann? Sie glauben doch nicht, dass der auch nur einen Ton selbst spielt. Der ist Deko, mehr nicht."

Mir klappte die Kinnlade herunter. Hansi Hossa der Milli Vanilli der Schlagerbranche? Das würde natürlich auch die Trennungsgerüchte in der Bild-Zeitung erklären. Vielleicht war doch etwas dran an der Story von den Insider-Informationen eines geheimen Informanten aus der Volksmusik-Branche. Wollte Hanna sich etwa von ihrem Partner trennen, um eine Solokarriere zu starten? Vorstellbar wäre es. Wenn jemand Caroline Raspel die Krone der Volksmusik streitig machen konnte, dann Hanna. Und wenn Hansi Hossa und sein legendäres Akkordeonspiel tatsächlich nur Betrug waren, wäre er ohne Hanna ruiniert. Ich hatte das Gefühl, einer gewaltigen Dirndl-Intrige auf der Spur zu sein.

Jemand betrat hinter mir das Garderobenzelt.

„Ich kann so nicht arbeiten."

Die Stimme erkannte ich sofort. Mein Herz schaltete in den Schleudergang. Der Blick des Promifahrers schien mir recht zu geben. Er biss die Zähne zusammen und knurrte der Stimme hinter mir zu. „Nicht doch. Ein Freund und Helfer."

„Ein Helfer?", hallte es mir in den Rücken. „Na, was steht er dann so herum? Jetzt nehmen Sie endlich irgendein Tischtuch und decken Sie das Ding da zu. Ich habe den Anblick von dieser Möchtegern-Jodlerin lang genug ertragen müssen."

Langsam drehte ich mich um. Mein Ohr hatte mich nicht getäuscht. Vor mir stand die Königin. Und in natura sah sie noch beeindruckender aus als im Fernsehen: Caroline Raspel. Die goldbraunen Strähnen ihres Fassonhaarschnitts schwungvoll zur Seite geföhnt, apfelrote Wangen und die beiden Körbchen ihres olivgrünen Festtagsdirndls gefüllt mit praller Weiblichkeit.

Als sie meine Uniform erkannte, riss sie ihre himmelblau schattierten Lider auf. „Oh Verzeihung. Ich dachte, Sie seien vom Sicherheitsdienst."

Mein geschulter Blick sah ihren bebenden Lippen das Ringen um Fassung an. Doch selbst für eine Legende wie Caroline Raspel war das Bild des Schreckens zu viel. Ihre Fassade brach in sich zusammen wie ein Kartenhaus. „Mein Gott, das ist so schrecklich, was mit der Kleinen Hanna passiert ist. Sie war so begabt. Was für ein Unglück. Hat sie sich den Kopf gestoßen?"

Erst jetzt begriff ich, dass Caroline keinen blassen Schimmer hatte, was sich hier im Backstage-Bereich tatsächlich abgespielt hat. Kein Wunder. In der rosaroten Welt der Volksmusik gab es keine Killer. Andächtig nahm ich meine Mütze vom Kopf. „Ich fürchte ... es war ... Mord."

„Mord?" Caroline knickte ein. „Was für ein Skandal!"

Geistesgegenwärtig griff der Fahrer ihr unter die Achseln, führte sie zu einem Stuhl und reichte ihr frische Blumen.

„Ach Charlie", lächelte Caroline. „Auf dich ist immer Verlass."

Er strahlte. „Du hast doch gleich wieder einen großen Auftritt, meine Liebe."

„Ja, mein Auftritt." Sofort fing Caroline sich wieder. Ich war beeindruckt von so viel Professionalität. Sie tupfte sich die Stirn, deutete auf den schnarchenden Hansi und fragte mich: „Glauben Sie, er war es?"

Der Chauffeur rückte seine Hornbrille zurecht. „Glauben Sie?"

Ich fühlte mich geschmeichelt. Schließlich schrieb man einem stinknormalen Großstadt-Bullen wie mir eher selten kriminalistische Kompetenzen zu. Ich hüstelte, wie ich es in den alten Sherlock-Holmes-Serien gesehen hatte. „Die Untersuchungen laufen noch." Die beiden nickten fasziniert. Ich spürte, dass ich irgendetwas Bedeutsames tun musste. Mit einer großen Geste hob ich die Plastiktüte in die Luft.

Caroline zwinkerte mir zu. „Beweisstücke?“

Ich nickte, öffnete die Tüte und zog Hannas Halstuch hervor. Plötzlich stutzte ich.

„Was haben Sie?“, fragte Caroline.

„Das Halstuch.“

Caroline schob sich eine Haarsträhne aus der Stirn. „Ich finde es auch abscheulich. Jetzt, wo die Kleine dahin ist, kann ich es ja sagen. Hanna Hossa hatte nie Geschmack.“

„Das ist es nicht“, antwortete ich.

„Was dann?“

„Es riecht nach Limo.“

„Auf der Wiesn?“ Caroline kniff ihre Augen zusammen und grübelte. „Der Mörder muss minderjährig gewesen sein.“

Ich blickte zu Charlie. Der erhob den Zeigefinger. „Oder ... oder ... ein Muslime.“

„Oder ein Autofahrer“, ergänzte ich.

Charlie schluckte. Offenbar wusste er genau, worauf ich anspielte.

Caroline hingegen schien tief in Gedanken versunken. „Ein minderjähriger Muslime? Das wäre doch ein wunderbares Thema für meinen nächsten Song.“

Charlie nutzte den Moment der Ablenkung, sprang über die Sitzbank und raste aus dem Zelt.

„Aber mein Charlie, wo wollen Sie hin?“

„Verflixt!“, fluchte ich. Ich funkte nach Verstärkung und sprintete hinterher. Ab durch die Massen, vorbei an Fünfer-Looping, Skyfall und Geisterschloss. Raus aus der Menge. Mitten auf die Theresienhöhe. Ich hatte ihn fast. Da hechtete Charlie wenige Meter vor mir in seine Limousine. Ich warf mich auf die Kühlerhaube, zog meine Dienstwaffe und richtete sie gegen die Frontscheibe. „Stehen bleiben!“ Passanten kreischten. Endlich näherten sich meine Kollegen, rissen die Tür auf und zerrten Charlie heraus.

„Niemand wird je meine Caroline vom Thron stoßen!“, brüllte er. „Niemand! Caroline für immer! Hossa! Hossa! Hossa!“

Ein fanatischer Fan? War er womöglich sogar der geheime Informant, welcher der Bild-Zeitung von Hanna und Hansis Problemen erzählt hatte? Ich atmete tief durch. Gott sei Dank war dieser Spuk nun vorbei. Zeit für eine Brezn.

Das geheime Rezept

Akten-Nr.: 20

Tatort: Oppenheim

Es berichtet: Stefan Oppermann (Polizist)

„Mein Kumpel, hat mich angerufen, weil er Angst hatte. Ich habe Jimmy geschnappt und mich sofort auf den Weg hierher zur Winzerei gemacht. Aber nun öffnet Tom nicht. Das ist doch strange!"

„Tom ist dein Kumpel?"

Der Junge nickte mit Panik in den Augen.

„Und Jimmy der Hund."

Wie selbstverständlich bestätigte der junge Beagle meine Aussage mit einem doppelten „Wuff".

Der Junge strich dem Hund über den Kopf. „Ist schon gut, Jimmy."

„Und wie heißt du?", fragte ich den Jungen.

„Ben."

„Okay, Ben." Ich bemühte mich, Ruhe auszustrahlen. „Dann schauen wir uns die Sache mal an." Sicher würde sich die Angelegenheit schnell aufklären lassen. Nirgendwo an der Tür zur Winzerei waren Einbruchspuren zu sehen. Ich klingelte. Niemand reagierte. „Vielleicht ist alles nur ein dummer Scherz, Ben?"

„Nein!", rief er wie aus der Pistole geschossen. „Tom muss hier sein. Sie sehen doch, wie verrückt Jimmy ist. Er riecht ihn."

„Okay." Ich versuchte, einen Überblick über die Situation zu bekommen. „Du sagtest, Jimmy habe Angst gehabt?"

Ben kaute nervös auf seiner Unterlippe herum.

„Hast du eine Ahnung, warum?"

Er fluchte und trat in den Staub. „Sie finden es ja eh heraus. Tom hat im Weinkeller seines Ausbilders hier etwas entdeckt. Ich sollte niemandem davon erzählen. Er meinte, das sei lebensgefährlich."

„Lebensgefährlich? Wieso?"

Ben schluckte. „Ich dachte erst, es sei wieder eine seiner dummen Geschichten." Seine Stimme zitterte. „Gestern habe ich seinem Winzer gegenüber darüber aus Versehen einen Witz gemacht, und heute war Tom plötzlich nicht mehr in der Berufsschule. Als dann die SMS kam ..." Er schluchzte. „Oh Gott, ich habe solche Angst."

Jetzt wurde mir die Sache dann doch unheimlich. Ich hämmerte gegen die Tür der Winzerei. „Aufmachen! Polizei!" Nichts. Über der Klinke war eine Milchglasscheibe. Ich schlug sie ein und öffnete die Tür mit einem Griff an die Klinke. „Hallo?"

Sofort huschte Ben mit seinem Hund an mir vorbei.

„Du bleibst hier!", rief ich.

„Ohne mich finden Sie Tom nicht. Jimmy riecht seine Fährte. Ich lasse nicht zu, dass Tom etwas passiert!"

Ich zögerte. Ich konnte Ben und seinen Hund doch nicht mit hineinnehmen.

„Was überlegen Sie? Uns bleibt nicht mehr viel Zeit!“

Anderseits: Wenn ich Ben mitnahm, hatte ich ihn wenigstens im Blick, und er konnte sich nicht in noch größere Gefahr begeben. „Gut.“ Ich machte meine Dienstwaffe scharf. „Du bleibst direkt hinter mir.“

Jimmy zog in Richtung eines Lastenaufzuges. Wir stiegen ein und fuhren hinunter.

Feuchte, kühle Luft wehte uns entgegen. Vor uns lagen Reihen aus mannshohen Fässern im gedämpften Licht der Kellerbeleuchtung „Tom?“, rief Ben in das Gewölbe hinein.

Niemand antwortete. Jimmy bohrte seine Nase in den Boden. An straffer Leine führte er uns an eine kleine Holztür. Ich öffnete sie. Eine steinerne Wendeltreppe führte hinab ins Nichts. Gleich auf der ersten Stufe stand eine alte Öllampe. Ben zog ein Feuerzeug aus seiner Tasche, zündete sie an und leuchtete ins Dunkel. „Das muss ein Zugang zum Oppenheimer Kellerlabyrinth sein!“

Das Kellerlabyrinth? Ich haderte. Die Sache gefiel mir gar nicht. Ein Abstieg konnte lebensgefährlich sein. Die Tunnel stammten noch aus den Zeiten der Römer. Viele von ihnen waren unerforscht, marode und einsturzgefährdet. Keinesfalls sollten wir dort hinein, ohne vorher Verstärkung anzufordern. In der Ferne hörten wir Schritte.

„Hallo?“

Niemand antwortete mir. Stattdessen glaubte ich ein entferntes Röcheln zu hören.

Ben klopfte mir auf den Rücken. „Worauf warten Sie? Schnell!“

Verdammt. Ich schlich die Treppe hinunter und erinnerte mich an das Jahr 1983, als einer unserer Polizeiwagen in einen dieser unbekannten Schächte eingebrochen war. Damals hatten wir viel über das Kellerlabyrinth geredet. Hier wurden Unmengen geheimer Schätze aus dem Mittelalter vermutet, von den verschollenen Apostelfiguren der Katharinenkirche über verlorene Warengüter bis hin zu mystischen Schriften.

Der Abstieg schien eine Ewigkeit zu dauern. Ben erhob seine Lampe. Wir standen mitten in einem langen, schmalen Tunnel. Wasser tropfte von der Decke. Keine Ahnung, wie viele Meter wir uns unter dem Erdboden befanden. Auf jeden Fall tief genug, um spurlos zu verschwinden. Niemanden würde uns hier suchen. Mein Funkgerät war hier unten ungefähr so viel Wert wie ein Smartphone auf einer einsamen Insel. Apropos Smartphone – hatte Ben nicht gesagt, Tom habe ihm eine SMS geschickt? Wie soll das funktioniert haben? Hier unten hatte er mit Sicherheit keinen Empfang. Die Sache gefiel mir nicht.

Ein spitzes Quieken riss mich aus meinen Gedanken. Direkt vor uns flitzte eine fette Ratte durch den Lichtkegel der Laternenlampe. In diesem Augenblick geschah es. Mit einem Satz riss

Jimmy sich los und flitzte davon, Ben hinterher. „Um Himmels willen, halt!“, schrie ich.

Zu spät. Beide verschwanden hinter eine Ecke, und ich stand im Dunkeln. Mist! Ich tastete nach meiner kleinen LED-Lampe. Geflüster hallte durch den Kellerschacht. Ich lauschte: „Was? Du? ...“ Ein langer Schrei folgte und verstummte mit einem dumpfen Schlag.

„Verdammt!“ Endlich spürte ich die Lampe in meinen Fingern. „Ben? Tom?“

Niemand antwortete. Meine Waffe in der Rechten und die Lampe in der Linken hechtete ich durchs Halbdunkel. Um die Ecke. Wieder ein Tunnel. An einem Abzweig hielt ich inne. Wenige Meter vor mir stand Jimmy und bellte in ein Loch im Boden. Neben ihm lag ein Zettel: *Vierzehn Uhr am Versteck, oder du bist tot!* Oh Gott. Ich leuchtete in die Tiefe und erblickte den leblosen Körper eines Jungen am Boden des Schachtes. „Hallo?“

Der Junge röchelte. Er schien schwer verletzt. Aber wenigstens lebte er noch.

„Bist du Tom?“

„Ja. Ich ... Er hat mich reingelegt. Er hat es.“

„Wer hat was?“

„Ben. Das geheime Rezept. Der Wein, der alles heilen kann. Er ...“ Tom verstummte.

Der Wein, der alles heilen kann? Ich traute meinen Ohren nicht. Das also war das Geheimnis! Eine antike Wunderrezeptur.

Plötzlich drückten zwei eisige Hände gegen meine Kehle. Mir fiel die Waffe aus der Hand. Ich kämpfte, schmetterte mich gegen die Wand, trat um mich. Mir wurde schwindelig. Ein Schuss. Der Angreifer sackte zusammen. Ich sah zu Boden. Neben mir lag ein mächtiger, kräftiger Körper. Hatte mich etwa der Winzer angegriffen? Was wurde hier gespielt? Und wer hatte geschossen? Verdammt – meine Waffe! Ich drehte mich um. Mit dem Rücken zum Loch im Boden stand Ben. In der Linken hielt er die Öllampe, in der Rechten meine Pistole. „Gott sei Dank", sagte ich. „Bist du okay?"

„Ja, aber der Winzer hat Tom umgebracht."

Ich hatte also richtig vermutet. Blut strömte aus dem Kopf des Toten. In seiner Hand war noch ein Zettel. Das Rezept? Ich las: *Jemand bedroht mich. Heute, vierzehn Uhr, Kellerlabyrinth.* Schon wieder vierzehn Uhr? Ich checkte die Zeit. Vierzehn Uhr zwei. Was wurde hier gespielt? Von wem waren diese Briefe? Und wo war das Rezept? Erst jetzt bemerkte ich das antike Buch, das unter Bens linkem Arm klemmte. „Du hast das Rezept?"

Ben lachte. „Wissen Sie, was das Ding wert ist? Und Tom ist so blöd und erzählt mir davon."

„Was soll das hier?"

„Ohne Ihre Hilfe wäre ich nie in den Keller gekommen. Und ohne Toms Fährte hätte Jimmy das Versteck nie gefunden."

„Und hätte Tom nicht mehr reden können, hätte ich den Winzer für den Mörder gehalten und niemand hätte je von dem Rezept erfahren, dass du hier erbeutet hast."

„Das wird man so auch nicht." Ben richtete die Waffe auf mich.

Mir stockte der Atem. Hinter Ben, am Loch, in dem der verletzte Tom lag, stand immer noch sein Hund. Ich ahnte, was er Ben bedeutete. Aus purer Verzweiflung wagte ich einen Trick. „Jimmy, spring nicht!", schrie ich.

Es funktionierte. Ben drehte sich um. Ich schlug ihm die Waffe aus der Hand und verdrehte seinen Arm. Ben stürzte. Die Öllampe zerbrach. Eine brennende Pfütze zischte über den Tunnelboden und erfasste das antike Buch. Ben schrie auf. „Es ist verloren! Es ist für immer verloren!"

Bei dem Unheil, das es angerichtet hatte, war es vielleicht besser so. Ich warf mich auf Ben und legte ihm Handschellen an.

Das geheime Liebesnest

Akten-Nr.: 21
Tatort: Frankfurt (Oder)
Es berichtet: Werner Lehmann (Polizist)

Ein leicht untersetzter Mann stand bei der Leiche. Er blickte mich mit zusammengekniffenen Augen an.

Ich zog meinen Dienstausweis. „Lehmann, Kripo Frankfurt (Oder)."

Er nickte, sagte: „Klischke", und deutete auf den toten Hausmeister, der zugedeckt vor dem Plattenbau in Halbestadt lag. „Wieso Kripo? Bei Selbstmord?"

„Wie kommen Sie auf Selbstmord?", fragte ich.

„Der war doch verrückt. Hat sich nicht mehr aus dem Haus getraut. Unsere Frauen haben sich organisiert und für ihn die Einkäufe erledigt."

Das nannte ich Solidarität. Meine Frau würde mich wohl selbst auf Krücken noch zum Supermarkt scheuchen.

Ich sah unter das Leichentuch. Da war der Milchschaum im Dreitagebart, der meine Kollegen stutzig gemacht hatte. Latte Macchiato vor dem Sprung aus dem Fenster? Auch die Hautfarbe seines nackten Oberkörpers sah eher nach Mallorca-Urlaub als nach Stubenhocker aus.

Klischke drehte sich weg und schielte auf die Wiese vor dem Haus, als würde er nach einer ausgestorbenen Ameisenspezies suchen. Vielleicht lag es an der verdrehten Position des Opfers. Sturz-Leichen waren nicht jedermanns Sache. Ich deckte sie wieder zu und warf einen kurzen Blick nach oben. Hier und da bewegte sich ein Vorhang an den Fenstern. Vereinzelt tauchten Köpfe auf und spähten hinunter auf den Rasen. Mein Gott, lebten in diesem Haus denn nur Frauen? Ich entschied, mich in der Wohnung des Opfers umzusehen.

Am Hauseingang hing ein Zettel: *Paket für Klischke von Eutel-Sat TV Service.* Klischke – das war doch der Typ auf dem Rasen. Ich rief ihm zu und wedelte mit dem Papier. „Ein Paket für Sie."

Klischke schielte in meine Richtung. „Hab ich schon." Schon starrte er wieder auf den Boden.

Also betrat ich das Haus. Dieser Atze mochte einige Phobien gehabt haben – Höhenangst gehörte jedenfalls nicht dazu. Seine Wohnung lag in der obersten Etage. Als ich den Fahrstuhl im zehnten Stock verließ, erinnerte ich mich wieder daran, warum ich selbst vor zehn Jahren in einen sanierten Altbau gezogen war. In diesen Plattenbauten zog es an allen Ecken und Enden. In leisen, unheimlichen Pfeiftönen wehte der Wind durchs Treppenhaus.

Atzes Wohnung befand sich auf der linken Seite. Der Schlüssel steckte von außen in der Wohnungstür. Ich öffnete. „Hallo? Ist da jemand?" Als niemand antwortete, betrat ich die Wohnung.

Es roch nach Raumspray. Flieder. Die komplette Wand des Flurs war tapeziert mit Fotos. Atze mit einer Blondine beim Tapezieren. Atze mit einer älteren Dame im Keller. Atze mit zwei Frauen am Sicherungskasten. So ein Handwerker schien auf Frauen ordentlich Eindruck zu machen. Ich sah mich weiter um. Wohnzimmer und Küche schienen unberührt. Nirgendwo eine Spur von benutztem Geschirr – geschweige denn einer Kaffeemaschine. Noch seltsamer fand ich jedoch, dass alle Fenster verschlossen waren. Entweder hatte hier jemand sämtliche Spuren beseitigt oder Atze war gar nicht aus seiner eigenen Wohnung gestürzt. Das würde auch den Schlüssel in der Wohnungstür erklären. Warum hatte dann aber neben Klischke niemand den Notarzt verständigt? Es gab nur eine logische Erklärung. Meine Kollegen hatten mit ihrer Vermutung recht gehabt: Mord.

Über mir ertönten Schritte. Ich stutzte. In der obersten Etage? Natürlich! Deswegen auch die Zugluft im Treppenhaus: Das Dach war die Lösung! Ich erinnerte mich daran, wie wir uns zu DDR-Zeiten über die Feuerleiter immer heimlich auf das Dach der Plattenbauten geschlichen hatten, um uns in der Sonne zu aalen. Ich verließ die Wohnung und schielte zur Dachluke. Meine Vermutung stimmte. Die Leiter war heruntergeklappt. Die Luke selbst stand offen. Ich machte meine Dienstwaffe scharf und kletterte ins Freie.

Mich traf der Schlag. Ich hatte mit vielem gerechnet – aber das? In zwanzig Jahren Kriminalpolizei war mir noch nichts Vergleichbares untergekommen. Vor mir lag eine große, indisch gemusterte Kuscheldecke. Fünf kunstvoll bestickte Kuschelkissen waren auf ihr verstreut – ein Liebesnest wie aus 1001 Nacht. Direkt daneben warteten ein randvoller Picknickkorb, ein Eiskübel mit einer Flasche Sekt und ein Tablett mit zwei Tassen frisch aufgeschäumtem Kaffee. Jackpot! Hier also hatte sich Atze aufgehalten, bevor er in die Tiefe gestürzt war. Und wenn mich meine Ohren nicht getäuscht hatten, befand sich der Mörder noch immer hier oben.

Mein Puls beschleunigte sich. Auf den ersten Blick war niemand zu sehen. Dann entdeckte ich den Schatten am Boden vor dem Fahrstuhlschacht: eine große, mysteriöse Gestalt. Beine so lang wie eine Nymphe, eine ausufernde Brust und auf dem Kopf – zwei gewaltige Hörner? Ich zog meine Dienstwaffe. „Wer ist da?"

Eine weibliche Stimme antwortete. „Überraschung."

Vorsichtig schlich ich mich an. Der Schatten rührte sich nicht. Ich ging zum Angriff über. Mit einem Satz sprang ich um die Ecke.

Ein schriller Schrei. Einen halben Meter vor mir stand eine völlig verstörte Frau. Lediglich mit einem roten String-Tanga bekleidet, presste sie beide Hände vor ihren prallen, blanken Busen. Als sie meine Dienstwaffe sah, riss sie ihre Hände in die Höhe, direkt neben die zwei plüschigen, rosaroten Bugs-Bunny-Öhrchen, die in ihrem feuerroten, wallenden Haar steckten. „Nicht schießen", bettelte sie.

„Was machen Sie hier?"

„Ich ... ich dachte ... ich dachte, Sie wären jemand anderes."

„Wer? Atze?"

Sie nickte. Ihre Ohren zitterten wie Espenlaub. Nicht nur ihre Ohren. „Was haben Sie mit ihm gemacht?"

Ich hatte Mühe, mich zu konzentrieren. Offenbar hatte das Häschen mich für Atze gehalten. Sie musste also hier oben aufgekreuzt sein, nachdem der Mord geschehen war. Oder – oder das hier war ein gemeiner Trick. Ein Ablenkungsmanöver. Denn hinter Bugs Bunny funkelte etwas verdächtig in der Sonne. Etwa eine Waffe? Dieses verdammte Miststück wollte mich zum Narren halten. Ich zögerte nicht lange, warf mich auf sie und drückte sie zu Boden. Sie schrie wie am Spieß: „Nein. Nicht!" Mit wenigen Griffen hatte ich sie am Boden fixiert. „Keinen Mucks mehr. Eine Bewegung und ich schieße." Die Waffe im Anschlag bewegte ich mich auf den Gegenstand zu. Die Spiegelung hatte mich getäuscht. Das hier war keine Waffe. Es handelte sich um eine Brille. Den Gläsern zufolge musste Atze halb blind gewesen sein. Ich erinnerte mich an die Fotos bei ihm im Flur. Nirgendwo hatte er eine Brille getragen. Eitelkeit? War vielleicht doch alles nur ein Unfall gewesen? Das Häschen schluchzte.

„Verzeihen Sie", entschuldigte ich mich. „Ich

glaube, ich habe mich geirrt." Ich stand auf und ging in Richtung Ausgang. Dabei fiel mir der Verpackungskarton einer Satellitenschüssel auf. *Eutel-Sat TV?* Hatte ich das nicht eben erst irgendwo gelesen? Mich durchfuhr es wie ein Donnerschlag. Deswegen hatte er mich wie ein Maulwurf angeschielt und unentwegt auf den Boden gestarrt! Ich nahm meine Beine in die Hand und raste zurück nach unten zu diesem Klischke.

„Suchen Sie die hier?"

„Danke", sagte er sichtlich verunsichert. „Wo war sie denn?"

„Oben, auf dem Dach."

Ihm klappte die Kinnlade herunter. Sämtliche Farbe wich aus seinem Gesicht.

„Dachten Sie, Ihr Opfer hätte sie mit in die Tiefe gerissen?"

„Opfer? Ich ..."

„In dem Paket für Sie war eine Satellitenschüssel, nicht wahr? Sie wollten sie auf dem Dach installieren und da erwischten Sie Atze, der in seinem geheimen Liebesnest auf sein Häschen wartete."

Klischke fluchte. „Von wegen Phobie. Dieser Drecksack lässt sich von unseren Frauen bedienen. Perversling!"

Allerdings, sogar irgendwie clever. Aber sicher keine Rechtfertigung für einen Mord, auch nicht im Affekt.

Wo ist Susi?

Akten-Nr.: 22
Tatort: Lindau
Es berichtet: Walter Steinmetz (Privatdetektiv)

Zusammen mit dem trällernden Gesang der Opernsängerin im Nachbarappartement erinnerte mich Huberts Anblick an den übergewichtigen Tamino, den ich tags zuvor auf der Seebühne im benachbarten Bregenz bestaunt hatte.

„Meine arme Susi!", jammerte er. „Du musst sie finden."

Ich konnte mir vorstellen, wie er sich fühlte. Susi war seine Prinzessin, ein preisgekrönter Star. Und sie liebte es, dem einen oder anderen Feriengast auf den Schoß zu springen, um sich kraulen zu lassen. Tatsächlich gab es Kunden, die sich angeblich nur wegen ihr Jahr für Jahr für eines von Huberts Appartements entschieden. Und jeder wusste, dass er so ziemlich alles tun würde, um seine Chihuahua-Hündin zu retten. Sofort dachte ich an Lösegeld. „Hat sich nach ihrem Verschwinden jemand bei dir gemeldet?"

Hubert schüttelte den Kopf. „Wieso?"

„Irgendwelche mysteriösen Anrufe?"

Hubert schien zu begreifen. Er schluckte. „Du meinst? Erpresser?" Ein Krankenwagen fuhr vorbei. Passend zum Martinshorn trällerte sich die benachbarte Opernsängerin in Rage. Ein dramatisches Heulen färbte ihre Stimme. Gänsehaut. Huberts Augen begannen zu schwimmen. Ich schloss die Fenster, um in Ruhe nachzudenken.

„Wo hast du Susi zuletzt gesehen?“, fragte ich.

Hubert führte mich in den Garten. Im Rosenstrauch hing ein rosa Schleifchen, daneben ein Hundehaar. Vielleicht wirklich eine Entführung? Ich suchte nach weiteren Spuren. Im Gras entdeckte ich ein Sushiröllchen.

„Susi liebt Sushi“, sagte Hubert.

„Ein Köder“, kombinierte ich.

„Oh Gott!“ Der Schreck stand Hubert ins Gesicht geschrieben. „Das Japanrestaurant im Lindaupark! Der Koch war immer ganz begeistert von ...“ Der Rest des Satzes blieb Hubert im Halse stecken.

Wir schnappten uns meinen Mercedes und verließen die Lindauer Insel in Richtung Festland.

Wenige Minuten später erreichten wir das Shoppingcenter. Trotz des bombastischen Badewetters waren die Rolltreppen prall gefüllt. In jeder anderen Situation hätte Hubert sich für den Aufzug entschieden. Aber heute hechtete er die Treppen ins Obergeschoss hinauf als wären zwanzig Kilo Hüftspeck eine reine Lappalie. Ich hingegen keuchte wie eine dieser nostalgischen Dampfloks, als wir unser Ziel erreichten. Mit fahlem Gesicht deutete Hubert auf die Speisetafel. Mit Kreide stand geschrieben: *Heute SUSI All You Can Eat.*

Hubert zitterte. Ich betete, dass man sich nur verschrieben hatte.

Das Restaurant war voll bis auf den letzten Platz. Als Hubert den Koch erblickte, ging er auf ihn los. „Wo ist meine Susi?"

„Nix velstehen. Was los, Hubelt?"

Hubert griff nach einem Stäbchen. Ich fürchtete eine Katastrophe und sprang dazwischen. Im Tumult traf Huberts Faust mein Gesicht. Ich strauchelte und riss einen Teller vom angrenzenden Tisch zu Boden. Aufgeregtes Hundegebell folgte. Schlagartig hielt Hubert inne und horchte. Unser Blick wanderte an einen Tisch am anderen Ende des Raumes. Eine ältere Dame bemühte sich, ihren Spitz zu beruhigen. Hubert stand die Enttäuschung ins Gesicht geschrieben. Erschöpft ließ er seine Schultern hängen und schluchzte. Vom Tisch neben der Frau mit dem Spitz tönten Pfiffe und neckische Bemerkungen zu uns herüber.

Die Leute kamen mir bekannt vor. „Hey Kumpel? Wo Susi?", rief einer von ihnen mit spanischem Akzent.

Hubert rang um Fassung.

„Du kennst diese Leute?", fragte ich.

„Ja, das sind Kollegen meiner Nachbarin. Die sind regelmäßig hier. Susi bettelt bei ihnen immer um Sushi." Mit diesem Satz war kein Halten mehr. Hubert brach in Tränen aus und heulte wie ein kleines Kind.

Ich legte meine Hand auf seine Schulter. Langsam beruhigte er sich wieder. Jetzt war mir auch klar, woher ich die Leute im Restaurant kannte: von den Fotos in meinem Programmheft. Links die Königin der Nacht, neben ihr der Vogelfänger, dann Sarastro – das Bregenzer Festspielensemble feierte die letzte Vorstellung der Saison. Just in diesem Augenblick ertönte der Martinshorn-Klingelton meines Handys. Der Spitz im Restaurant stimmte heulend in die Sirene mit ein.

Sofort schloss sich Hubert an: „Oh Gott, das hat meine Susi auch immer gemacht", jammerte er.

Ich stutzte. „Susi heult, wenn sie einen Krankenwagen hört?"

Hubert sah mich verwundert an. „Immer. Wieso?"

Ich spürte dieses typische Kribbeln in meinen Fingern, das mir verriet, dass ich der Lösung eines Falles ganz nah war. Huberts Nachbarin hatte gesungen, als ich ihn aufgesucht hatte. Wieso feierte sie nicht hier gemeinsam mit ihren Kollegen? Mir kam eine Idee. Rasch flüsterte ich Hubert meinen Plan ins Ohr.

Ihm klappte die Kinnlade herunter. „Meinst du wirklich?"

Ich nickte. Es galt, keine Zeit zu verlieren. Wir sprinteten aus dem Lindaupark, sprangen ins Auto und rasten mit Vollgas zurück auf die Insel.

Die Opernsängerin übte noch immer. Ich klingelte an ihrer Tür. „Aufmachen!"

Der Gesang verstummte und der Schlüssel im Schloss bewegte sich. Eine überraschend zierliche Gestalt kam hinter der Tür zum Vorschein. „Wer sind Sie?“

Ich setzte mein charmantestes Lächeln auf. „Ich wollte Ihnen nur sagen, wie großartig Sie gestern in der Zauberflöte waren.“

Das Ablenkungsmanöver funktionierte. Sie strahlte bis über beide Ohren. „Sie haben mich auf der riesigen Bühne erkannt?“

Im Nu wählte Hubert meine Handynummer. Das Martinshorn erklang. Wie vermutet tönte lautes Gejaule aus dem Wohnzimmer zu uns.

„Susi!“, jubelte Hubert, stieß die Opernsängerin beiseite und stürmte in die Wohnung.

„Deswegen sangen Sie lauter, als der Krankenwagen vorüberfuhr“, sagte ich. „Um Susis Jaulen zu übertönen.“

Die Sängerin brach in Tränen aus. „Ich liebe diesen Hund. Wie er mich beim Japaner immer angesehen hat. Genau wie meine tote Charlotte. Ich kann doch nicht ohne ihn weg von hier ...“

Daher also wehte der Wind. Ein Schauer lief mir über den Rücken. Was für eine abscheuliche Art, seine Trauer zu überwinden.

Herzenssache

Akten-Nr.: 23
Tatort: Bernried
Es berichtet: Franz Hüttl (Kriminalkommissar)

Ich hatte viele Fälle gelöst. Aber wie es die Presse schaffte, stets vor mir am Tatort zu sein, würde mir wohl ewig ein Rätsel bleiben. Ich kämpfte mich durch die Journalisten.

Dr. Dehnel führte mich zum Tatort. Ich hasste Herzkliniken. Auch wenn sie so idyllisch am Starnberger See lagen wie diese. Sie erinnerten mich an meinen zu hohen Cholesterinspiegel und meine viel zu enge Hose.

„Herr van Hohlendorf war einer unserer Stammgäste. Vor fünf Jahren haben wir ihm mit einem Herzschrittmacher das Leben gerettet. Es ging ihm gut. Er war lediglich zu einem Routinecheck hier."

Neben dem Bett in seinem Zimmer standen welke Blumen, ein solariumverbrannter Gewichtestemmer – und sie: Jenny Soft.

„Guten Morgen", sagte ich und kam mir vor wie einer der röhrenden Hirsche vom Klinikgelände.

Verschreckt griff sie nach ihrer Handtasche, seufzte: „Bring mich zu Jürgen", und verließ im schützenden Schatten ihres Hobbyrambos den Raum. Ein Hauch von Chanel und zarter, eingecremter Haut kitzelte meine Nase. Der Alte dahin, der Neue schon vor der Tür. Was machte ich nur falsch?

Dr. Dehnel warf die Decke des toten Patienten zurück und deutete auf dessen Hüfte. Der winzige, versengte Fleck in seinem Nachthemd war kaum zu sehen. „So ein plötzliches Versagen des Herzschrittmachers ist extrem unwahrscheinlich. Man kann es allerdings künstlich herbeiführen. Zum Beispiel durch Elektroschocker. Das allein hätte er wahrscheinlich noch verkraftet. In Kombination mit der Panik aufgrund des Angriffs mit dem Gerät allerdings ..."

Ich nickte, rief per Handy meine Kollegen herbei und versprach, die Angelegenheit dezent zu behandeln. Ein Mord war die wohl denkbar schlechteste Publicity für diese renommierte Klinik. „Wer hat den Fleck entdeckt?", fragte ich.

„Frau Lieblich, eine unserer Krankenpflegerinnen", antwortete Dehnel.

Also ging ich zum Schwesternzimmer, wo eine ganze Horde liebreizender Damen bereits eifrig verschiedenste Mordtheorien diskutierte. Sofort geriet mein Blut in Wallung. Ich rückte meinen Kragen zurecht und setzte mein charmantestes Detektiv-Lächeln auf. *Bitte Universum, lass Frau Lieblich auf Kommissare abfahren.* Wer auch immer von den feschen Schwestern sie war – ich würde sie nehmen. Als ich den Namen in die Runde warf, platzten die feschen Mädels wie ein aufgescheuchter Hühnerschwarm auseinander und gaben den

Blick auf ein Exemplar frei, das mir bis dahin leider verborgen geblieben war. Eine Art in die Jahre gekommenes Oberhuhn, das den Körnernapf nicht gerne teilte.

Ich spürte, wie meine Mundwinkel herabsanken. „Fischer mein Name. Kriminalpolizei", grummelte ich.

Kaum hatte das Oberhuhn meine Berufsbezeichnung gehört, riss sie ihre Augen auf und zwinkerte mir zu. Für einen kurzen Moment dachte ich an meine Jugendträume, in denen ich heißen Frauen als James Bond das Leben rettete. Warum konnte Frau Lieblich nicht einfach aussehen wie Jenny? Na ja, knapp daneben war auch vorbei. Ich schwor mir, nie wieder eine Bestellung beim Universum aufzugeben. „Sie haben den Brandfleck entdeckt?"

„Ganz genau, Herr Kommissar."

„Ziemlich erstaunlich. Wie kamen Sie darauf, danach zu suchen?"

Frau Lieblichs Gesicht verwandelte sich von Oberhuhn in Monsterhenne. „Schauen Sie sich die Kleine doch an. Was will so ein magersüchtiges Supermodel von einem fünfzig Jahre älteren Millionär? Die hat doch nur darauf gewartet, dass er den Löffel abgibt."

Dieser Theorie hatte ich wenig entgegenzusetzen. Van Hohlendorf hatte aus seinem Reichtum schließlich nie einen Hehl gemacht. Allerdings hatte Jenny auch viel von seiner Popularität profitiert. Und bei dem Gedanken an ihr eng anliegendes Kleid fragte ich mich, an welcher Körperstelle sie einen dreißig Zentimeter großen Elektroschocker hätte verstecken sollen. Bei der Frau Lieblich vor mir hingegen - ich verwarf den Gedanken. Außerdem wusste ich nicht, was ich beängstigender fand - die Vorstellung einer geldgierigen Jenny oder die gehörige Portion Frust und Neid, die sich hinter Frau Lieblichs Skandalsucht verbarg. Hier kam ich nicht weiter. Ich bedankte mich und suchte nach Jenny.

Sie saß in der Cafeteria. Gerade als ich im Begriff war, meine Dienstmarke zu ziehen, schob sich Hobbyrambo mit bedrohlicher Miene zwischen uns.

„Wer sind Sie?“, fragte ich verdattert und betrachtete neugierig die großen Waffenetuis an seiner Hüfte.

Noch bevor Hobbyrambo antworten konnte, trat wie aus dem Nichts ein schmaler Anzugträger hinter seinem Rücken hervor. „Ihr Bodyguard.“

Der kleine Speichellecker kam mir erstaunlich bekannt vor.

„Frau Soft erhält seit Längerem Drohbriefe“, fuhr er fort.

„Danke. Und wer sind Sie?“

„Jürgen Kläger. Jennys Anwalt.“

Jetzt machte es klick. Kläger, der Möchtegern-Promianwalt aus Schwabing, der nie einen Fall gewann. Die Klienten liefen ihm davon. Und jetzt stand er in seinem eingelaufenen Anzug und mit einem gewaltigen Blumenstrauß in der Hand vor mir. Dass ausgerechnet Jenny Soft seine Mandantin war, hatte er wohl nur ihrer blonden Haarfarbe zu verdanken. „Was machen Sie hier?", fragte ich.

„Ich habe Jennys Mann Blumen gebracht. Leider dauerte seine Freude nicht mehr lang."

„Aber Sie haben den Strauß doch noch in der Hand?"

„Dieser Strauß hier ist für meine Freundin."

Eine glatte Lüge. Ich kannte keine Frau, die Jäger länger als zwei Wochen ertragen hatte. Und wie er Jenny von der Seite anschielte. Die Nummer mit den Blumen, das war doch ... Moment mal. Alle Blumen im Krankenzimmer waren verwelkt gewesen. Ich griff zu einem Trick. „Kläger, Ihr Anzug!" Er schielte auf seine Brust. Ich nutzte den Augenblick und entriss ihm den Strauß.

Hobbyrambo packte mich am Handgelenk und verdrehte meinen Arm.

„Au!" Ich verpasste ihm einen gezielten Eiertritt.

Er quiekte wie ein Ferkel. Dann schlug ich ihm einen Stuhl übers Kreuz. Jäger holte aus. Ich ging runter und gab ihm einen Kinnhaken von links. Bingo. Zwei auf einen Streich. Jäger und Rambo lagen am Boden, dazwischen die Blumen. Ein Elektroschocker rollte aus der Mitte des Straußes heraus.

„Was ist das?“, schrie Jenny.

„Die Tatwaffe. Er hat Ihren Mann ermordet und sich so einen ordentlichen Fall für seine kränkelnde Kanzlei erhofft. Jenny Soft - angeklagt wegen Mordes an ihrem fünfzig Jahre älteren Mann.“

„Mistkerl!“, röchelte Kläger.

Endlich kamen auch meine Kollegen in die Klinik gestürzt.

„Festnehmen!“, schrie ich.

„Hilfe. Herr Kommissar ...“, hauchte Jenny und sank ohnmächtig in meine Arme. James Bond! Ich hatte es endlich geschafft.

Ein fast perfekter Ostermord

Akten-Nr.: 24

Tatort: Oberharnsbach(Oberfranken)

Rekonstruktion des Tathergangs.

Wenn ich dich nicht haben kann, dann soll dich niemand haben.

Bedacht darauf, nicht entdeckt zu werden, stellte Erwin seinen Blumenstrauß vor der Haustür ab, positionierte den Liebesbrief und versteckte sich im Gebüsch. Noch zwei Minuten. Sorgsam justierte er sein Richtmikrofon. Die Brillanz dieser modernen Technik begeisterte ihn. Er hörte die Katze ihren Napf ausschlecken, den tropfenden Wasserhahn in Utes Küche, das Knarren der Dielen, als sich ihr Mann wie jeden Morgen aus dem Bett schleppte, um kurz nach neun die Zeitung aus dem Briefkasten zu holen. Zeit, das Aufnahmegerät einzuschalten. Die Tür öffnete sich. Verdutzt glotzte ihr Mann auf den Blumenstrauß, überflog den Liebesbrief, zertrat die Blumen, schrie etwas in den Hof, ging zurück ins Haus und warf die Tür ins Schloss.

Triumphierend lauschte Erwin in die Kopfhörer hinein, hörte ihn vor Wut grunzen: „Du Schlampe." Türen flogen. Geschirr zerbrach. „Wer ist es?"

„Ich habe dich nicht betrogen, Horst. Ich liebe keinen anderen.“

Du Miststück! Für diese Lüge hätte Erwin auf der Stelle ins Haus stürmen und ihr das Genick brechen können. Aber das, was er mit ihr vorhatte, war besser. Viel besser.

Nach fünfzehn Minuten Gebrüll drückte er auf Stopp, packte sein Equipment ein und schlich sich über die Burgebracher Straße zurück in sein Haus. Er schaltete seinen Computer an, mischte an das Ende des Streits zwei laute Schüsse aus seinem Geräusch-Archiv und brannte alles mit exakt fünf Minuten Vorlaufzeit auf CD. Fertig. Zeit, die Pistole zu putzen und die Füße hochzulegen. Karsamstag konnte kommen.

Um Punkt sechs wurde Erwin von den ratschenden Kindern geweckt, die durch die Straßen von Oberharnsbach zogen. „Wir rufen den englischen Gruß, den jeder katholische Christ beten muss.“ Zum ersten Mal in seinem Leben war das betäubende Knarren der hölzernen Ratschen reinste Musik in seinen Ohren.

Alles war genau durchgeplant. Um Punkt 8.45 Uhr schnappte er sich CD und Pistole, lief in den Kellerweg zu Utes Haus und klingelte.

Horst öffnete. „Erwin, alter Kumpel.“

„Frohe Ostern, mein Freund.“

Horst bat ihn ins Haus. Erwins Puls beschleunigte sich. Schweißperlen liefen seine Unterarme entlang. Wie lang er auf diesen Moment hingearbeitet hatte. Wie lange er gegrübelt und geplant hatte.

„Erwin?"

Da stand sie nun vor ihm. Im Nachthemd. Unschuldig wie die Gottesmutter Maria. Osterglocken in der Hand. Erwin sah die Panik in ihrem Gesicht. Wie eine in die Ecke gedrängte Katze, die den Atem des herannahenden Hundes spürt. Die Uhr schlug neun. Auf die Sekunde genau ertönte das Ratschen der sammelnden Kinder.

„Jetzt kommt der kleine König, gebt uns nicht so wenig. Lasst uns nicht so lange steh´n, wir müssen a Häusla weiter geh´n."

Nichts ahnend öffnete Horst erneut die Tür, drückte den Kindern ihre Süßigkeiten in die Hand und verschloss sie wieder. Perfekt. Jedes einzelne Kind würde später bestätigen, dass die beiden noch am Leben waren. Ohrenbetäubendes Knarren erfüllte die Straße. Jetzt oder nie. Blitzschnell zog Erwin seine Pistole und drückte ab. Mit Entsetzen im Blick sank Horst zu Boden.

„Erwin! Nein!"

Dann drehte er sich Ute zu. Ein Schuss - und auch sie war tot. Er putzte seine Waffe und positionierte sie in ihrer Hand. Dann ging er zur Stereoanlage, legte seine CD ein, stellte auf maximale Lautstärke und drückte *Play*. Fünf Minuten Leerlauf blieben ihm bis zum Beginn des Streites.

Metall schepperte. Vom Knall der Pistole erschreckt hüpfte Utes Kaninchen immer wieder gegen die Wand seines Käfigs. „Armes Ding“, flüsterte Erwin. „Heute ist Ostern. Lauf, mein Kleiner!“ Er legte die Fernbedienung der Stereoanlage am Boden ab, öffnete den Käfig, ging mit einem für alle Nachbarn deutlich vernehmbaren „Tschüss!“ nach draußen, winkte in das Haus hinein, verschloss die Tür hinter sich und lief nach Hause.

Wenig später näherten sich die Ratschen dem Kellerweg. „Jetzt kommt der kleine König, gebt uns nicht so wenig. Lasst uns nicht so lange steh ′n, wir müssen a Häusla weiter geh′n.“

Er blickte auf seine Uhr. Jeden Augenblick musste der Streit auf der CD zu Ende sein. Es klingelte an seiner Tür. Alles lief wie am Schnürchen. Strahlend öffnete er: „Frohe Ostern, meine Kleinen!“ Er drückte ihnen Süßigkeiten in die Hand. In der Ferne erahnte er die zwei Schüsse. „Was war das?“

Die Kinder schauten sich verunsichert um. „Ein Jäger?“

„Vielleicht?“, antwortete Erwin.

Das perfekte Alibi. Er spürte, wie ihm das Adrenalin durch seinen Schädel schoss. Es hatte funktioniert. Es hatte tatsächlich funktioniert.

Kurz darauf hörte er Polizeisirenen. Er zog sich seine Jacke wieder an und marschierte aufgeregt zurück zu Utes Haus. Polizei versperrte den Weg. Er atmete tief durch, lächelte kurz noch einmal der Sonne entgegen, verzog sein Gesicht und rannte mit dramatischer Geste auf einen Polizisten zu

„Was ist geschehen?"

„Bitte gehen Sie weiter. Es gibt nichts zu sehen."

„Ute! Erwin! Was ist mit ihnen?", schrie er über die Absperrung hinaus. Die Tür zum Haus stand offen. Männer in weißen Ganzkörperanzügen untersuchten den Tatort. Käsebleich ging die Nachbarin über den Hof. Tränen im Gesicht hielt sie ihre Hand vor den Mund. „Sie haben sich umgebracht. Sie haben sich einfach umgebracht."

Durch die geöffnete Tür beobachtete Erwin Beamte auf der Jagd nach dem freien Kaninchen. Lauf, mein Kleiner. Mach's wie ich. Lass dich nicht schnappen! Es hoppelte über das Sofa, unter den Tisch, direkt auf die Fernbedienung.

Für gute fünf Minuten stockte Erwin der Atem. Die Fernbedienung. Er dachte an seine Fingerabdrücke, die auf ihr und auf der CD waren. Dann begann der Streit von vorn.

Mörderisches Schäufele

Akten-Nr.: 25
Tatort: Bamberg
Es berichtet: Nikolaus Nagler (Polizist)

Mit mehr als 70.000 Einwohnern war Bamberg nicht gerade eine Kleinstadt. Aber nach mehr als zwanzig Jahren Dienstzeit kannte ich alle meine Pappenheimer. Ganz abgesehen davon, dass ich selbst gern hin und wieder in der *Roten Lore* mein Feierabendbierchen genoss. Ein entsprechend mulmiges Gefühl machte sich in mir breit, als ich ausgerechnet von dort zu meinem nächsten Einsatz gerufen wurde.

„Ich war die Erste heute Morgen. Die Tür war aufgebrochen. Ich bin rein und da lag Eddi vor dem Tresen“, schluchzte Kellnerin Babsi.

Es gab keinen Zweifel. Eddi war eindeutig erschlagen worden. Dass er seit seinem Lottogewinn jeden Tag hier am Rednitzufer in der *Roten Lore* verbracht hatte, um Rauchbier zu trinken und saftige Schäufele zu essen, war auch unübersehbar. Die Wucht seines Körpers hatte einen Barhocker zerschmettert. Von der Tatwaffe aber fehlte jede Spur.

Seine Frau Erna stürzte herein. „Mein Purzelchen.“ Ihr Jammern und Wehklagen war ohrenbetäubend. Der Anblick von leidenden Angehörigen jagte selbst einem hartgesottenen Polizisten wie mir immer noch einen Schauer über den Rücken. Ernas Karriere als Ringerin im KSV Bamberg hatte ihren Körper zwar gezeichnet, doch in ihrem Schmerz wirkte sie fast so zerbrechlich wie eine Barbiepuppe. „Sie ist schuld", kreischte Erna und richtete ihren fleischigen Zeigefinger auf Kellnerin Babsi. „Wegnehmen wollte sie ihn mir, ihn und seine Sofortrente von der Glücksspirale. Pfui!"

„Das ist nicht wahr", konterte Babsi.

„Umgarnt haben Sie ihn, mit Ihrem Schäufele."

Ich grübelte. Das war vielleicht wahr, aber noch lange kein Mordmotiv. Wäre es der Kellnerin Babsi ums Geld gegangen, hätte sie Eddi lebend gebraucht. „Was machte er überhaupt nachts allein hier in der *Roten Lore*?", fragte ich.

Babsi zuckte mit den Schultern. „Ich muss ihn aus Versehen eingeschlossen haben. Wahrscheinlich war er noch auf Toilette, als ich ging."

Das ergab Sinn. Eddi überraschte den Einbrecher, und dieser erschlug ihn im Affekt. „Wurde etwas gestohlen?"

Babsi schüttelte den Kopf.

Hinter mir polterte es. Chefkoch Torsten Speck stürmte mit einer Pfanne in der Hand in das Lokal. „Wer hat meine Bratpfanne zerbeult und draußen in den Müll geworfen?" Als er die Leiche erblickte, schnappte er nach Luft.

Der Ahnungslose. Ich setzte ihn auf einen Stuhl, nahm die Pfanne und hielt sie ins Sonnenlicht. Auf der Rückseite klebten graue Haare – und Blut. „Das ist die Tatwaffe!“, verkündete ich.

Speck wurde kreidebleich.

Ich dachte nach. Warum ausgerechnet die Pfanne? „Wo befindet sie sich normalerweise?“

Speck führte mich, leicht taumelnd, in die Küche. Töpfe und Pfannen hingen an einer Art Schiefertafel, auf die Rezepte geschrieben waren. „Das ist es“, schoss es aus mir heraus. „Der Einbrecher war hinter den Rezepten her!“ Ich las das Rezept an der Stelle, wo die Mordwaffe gehangen hatte. Dort stand: *Schäufele mit Kartoffelklößen und Sauerkraut.*

Mir ging ein Licht auf. Ich raste zurück zum Tresen. „Sie waren es, Erna. Nicht wahr?“

Sie schwieg.

„Sie sind eingebrochen, um das Schäufele-Rezept zu stehlen. Sie hofften, wenn Sie ihrem Eddi selbst so ein leckeres Essen bereiten könnten, dann würde er endlich wieder daheimbleiben und die junge Babsi vergessen.“

Ernas Stimme zitterte. „Es war so dunkel. Plötzlich war da jemand, und ich habe vor Schreck mit der Pfanne zugeschlagen.“

Und gegen die Wucht einer ehemaligen Ringerin hatte selbst ein rüstiger Eddi keine Chance. Erna weinte bitter. Was für eine Tragödie. Sie wollte doch einfach nur genauso gut kochen können wie die in der *Roten Lore.* Festnehmen musste ich sie trotzdem.

Der Todespfeil

Akten-Nr.: 26
Tatort: Wiesbaden-Bierstadt
Es berichtet: Wolfgang Hoppe (Reitlehrer)

Ich sah es bereits an der Art, wie Vivienne sich ihren Pfeil vom Tresen nahm. Das nächste Unwetter stand unmittelbar bevor. Passend zum Ambiente trällerte Nicole *Mit dir vielleicht* im Radio. Was hatte dieser Typ nur an sich? Wehmütig dachte ich an die Zeiten zurück, als Vivienne und Roberta noch beste Freundinnen gewesen waren. Seit dieser Tom aber in unserer Dartkneipe aufgekreuzt war, umschlichen sich meine Mitstudentinnen wie läufige Hündinnen.

Prompt drehte sich Vivienne um, ein zynisches Lächeln im Gesicht. „Ach übrigens, das Spiel ist aus." Sie warf ihre feurigen Locken zurück. „Du hast verloren. Tom meint, er hat keinen Bock auf langweilige Medizinstudentinnen wie dich."

Roberta stemmte ihre linke Hand in die Hüfte und schob das Kinn vor. „Bitte?" Ihr südländisches Temperament kochte sichtbar auf. Das im Zusammenhang mit dem Dartpfeil in ihrer Hand – ich bewegte mich lieber in die hintere Ecke des Raumes. „Was soll das heißen?", setzte sie nach.

Vivienne leckte sich die Lippen, streckte ihren Busen heraus und antwortete: „Tom und ich pfeifen auf den Winter. Wir fliegen ans Meer."

Mit dem Blick einer Medusa riss Roberta ihre Hand in die Höhe. „Nur über meine Leiche!"

„Wenn es weiter nichts ist?", konterte Vivienne.

Roberta holte zum Wurf aus. Wie ein Jagdspeer schoss der Pfeil durch die Kneipe. Mir stockte der Atem: voll auf die Zwölf. Roberta jubelte. „Ha!"

Viviennes Sommersprossen flammten auf wie die Warnzeichnung einer wütenden Giftschlange. „Miststück!"

„Ruhig Blut, Mädels", versuchte die Tresenfrau zu schlichten. „Meine Dartscheibe kann nichts dafür." Roberta ging zum Tresen, schlug ein und entschuldigte sich. Marianne Rosenberg stimmte ein: *Marlen, eine von uns beiden muss nun geh' n.*

Ich verfluchte diesen Tom. Früher wurden wir bei Dart und *hr4* im Radio zu den reinsten Partykanonen. Nun war mit meinen Mädels kein konzentriertes Spiel mehr möglich.

Roberta nahm einen Schluck aus ihrem Glas und ging zur Dartscheibe, um den Pfeil zu entfernen. Da passierte es. Das Licht erlosch. Finstere Nacht um uns. Ein Stromausfall? Roberta schrie. Und schon war das Licht wieder an. Ich traute meinen Augen nicht. Ein Dartpfeil steckte in ihrem Bauch. „Hilfe ...", stammelte sie. Ihr weißes T-Shirt tränkte sich mit Blut.

„Bist du verrückt geworden?", fuhr die Tresenfrau Vivienne an.

„Hört auf zu streiten", rief ich. „Ein Krankenwagen. Schnell!" Ich griff nach einer Stoffserviette und presste sie auf Robertas Wunde. Ich betete, dass es der Notarzt bei dem Winterwetter schnell genug nach Bierstadt schaffte.

Roberta schnappte nach Luft. Das Tempo, mit dem die südländische Farbe aus ihrem Gesicht schwand, versetzte mich in Panik. Das Blut schien aus ihrem Körper zu rinnen wie Luft aus einem geplatzten Luftballon. „Du wirst Tom nie bekommen, Vivienne“, hauchte sie mit letzter Kraft. „Niemals!“ Dann verlor sie das Bewusstsein.

Ich fluchte. „Mein Gott, hört dieser Wahnsinn denn nie auf?“

„Ich war es nicht“, antwortete Vivienne unter Tränen und rannte zur Tür. Die Tresenfrau versperrte ihr den Weg. Mit Erleichterung hörte ich die Sirenen von Notarzt und Polizei.

Bereits wenige Minuten später war Roberta unterwegs in Richtung St. Josefs-Hospital. „Sie kommt durch“, beruhigte uns einer der anwesenden Polizisten. „Aber Sie müssen jetzt leider mit uns zusammen aufs Revier, junge Frau.“

Vivienne schrie wie am Spieß. „Nein! Ich war es nicht.“

Zu sehen, wie einer meiner besten Freundinnen die Handschellen angelegt wurden, ging mir durch Mark und Bein. Ihr Geschrei verkümmerte zu einem verzweifelten Wimmern. „Ich bin unschuldig.“

„Wer soll es denn sonst gewesen sein?“, konterte die Tresenfrau.

Vivienne erstarrte als hätte sie eine Idee. „Es fehlt ein Ersatzpfeil auf der Bar, und der Sicherungskasten dahinter steht offen."

Die Tresenfrau erbleichte. „Weil ich dachte, es wäre ein Kurzschluss."

„Hatten Sie nicht auch ein Faible für Tom?", fuhr Vivienne fort. „Mit ihr als Opfer und mir als Mörderin sind Sie uns beide mit einem Schlag los."

War denn die ganze Welt wegen diesem Tom verrückt geworden? Und jetzt gab auch noch Roland Kaiser mit *Ich glaub es geht schon wieder los* im Radio seinen Senf dazu. Dann fiel bei mir der Groschen: „Oh Gott. Das Radio!"

Der Polizist sah mich ungläubig an. Ich ging zum Sicherungskasten und legte den Kippschalter um. Das Licht erlosch. Sofort schrie Vivienne erneut auf. „Ruhe!", rief ich. Mucksmäuschenstille. Nach wenigen Sekunden aktivierte ich die Sicherung wieder und die Kneipe erhellte sich. „Haben Sie es gehört?", fragte ich.

Der Polizist zuckte mit den Schultern. „Da war doch nichts."

Ich triumphierte. „Eben! Bei einem Stromausfall hätte das Radio ebenfalls ausgehen müssen. Aber es lief die ganze Zeit!" Alle sahen mich entgeistert an. Ich ging zur Dartscheibe und deutete auf den Lichtschalter, der direkt darunter platziert war. „Da bleibt nur der hier." Adrenalin schoss durch meinen Körper, während ich weiter kombinierte: „Roberta muss den Pfeil genommen haben, als sie sich am Tresen für ihr Verhalten entschuldigte und aus dem Glas trank. Unter dem Vorwand, ihren gerade geworfenen Pfeil herausziehen zu müssen, ging sie zur Dartscheibe. Dort schaltete sie das Licht aus, rammte sich im Dunkeln den Pfeil vom Tresen in den Bauch und schrie. Als Medizinstudentin wusste sie, wo sie zustechen musste, um sich nicht lebensgefährlich zu verletzen. Dann schaltete sie das Licht wieder ein. Wir sollten glauben, dass Vivienne die Täterin sei. Denn so wäre sie als Konkurrentin um Tom ausgeschieden."

Der Polizist sah mich beeindruckt an: „Lust auf einen Job bei uns?"

„Nein", antwortete ich. „Aber auf einen Schnaps."

Der Teufel in der Sphinxgrotte

Akten-Nr.: 27
Tatort: Weimar
Es berichtet: Friedrich Stiller (Kriminalkommissar)

Eine Frau kniete an der Sphinxgrotte im Goethe-Park und scharrte mit ihren Händen fanatisch in der Erde. „Der Teufel war's. Der Teufel war's!“

Neben ihr lag der Tote im Wasser. Ein Messer steckte in seinem Rücken. Blut verfärbte die Leutraquelle und sein dünnes, graues Haar. Eine Szene, die an Abstrusität kaum zu überbieten war.

Ein Polizist streckte mir seine Hand entgegen. „Kommissar Stiller?“

Ich nickte.

„Henning mein Name.“

„Wer ist der Tote?“, fragte ich.

„Wolfgang Heim. Ein wohlhabender Hobbydichter, hier aus Weimar. Die Frau dort ist Barbara Bien, Lehrerin, die einzige Zeugin, steht völlig unter Schock. Sie behauptet, der Teufel sei aus dem Gebüsch gesprungen, habe dem Mann das Messer in den Rücken gerammt und ihn dann von der Grotte gestoßen.“

Der Teufel? Verrückt. „Irgendwelche Spuren?“, fragte ich.

„Nichts. Das Messer ist blank, wegen des Wassers. Viele Passanten haben Schreie gehört, aber keiner hat etwas gesehen."

Ich stand vor einem Rätsel. Wenn hier tatsächlich eine Teufelsgestalt zugestochen hatte, musste sie jemand gesehen haben. Der Park war voller Menschen. Teufel hin oder her - niemand konnte sich in Luft auflösen. Ich hörte einen Schrei. Die verwirrte Zeugin schlug nach einem Sanitäter, der ihre wunden Hände untersuchen wollte. „Mein armes Gretchen!"

„Gretchen?" Goethe-Park, ein toter Dichter, Mephisto als Mörder und jetzt auch noch ein Gretchen?

„Die Tochter der Frau heißt Greta, deshalb Gretchen", antwortete Kollege Henning.

„Wurde sie schon benachrichtigt?"

„Nein. Aber soweit ich weiß, macht sie ein Praktikum in der Anna-Amalia-Bibliothek."

Das war keine drei Minuten Fußweg entfernt. „Ich gehe zu ihr."

Zwischen den imposanten Bücherregalen des Rokokosaals wirkte die zarte Greta wie eine eingekerkerte Prinzessin. „Wolfgang? Tot?" Einer Ertrinkenden gleich paddelte sie nach Halt.

Ich stützte sie. „Sie kannten ihn?"

„Wolfgang kam jeden Tag hierher. Oft waren wir spazieren."

„Das ist alles?"

Greta errötete. „Wolfgang und ich ..."

„Wolfgang und Sie?“ Ich wagte meinen Gedanken nicht auszusprechen. Greta war erst neunzehn. Sie und ein Siebzigjähriger? Unmöglich. Sie krallte ihre Fingerchen in ihr rotkariertes Kleid. „Er hat mir Gedichte geschrieben. Mehr nicht.“

„Mehr nicht?“

„Er war ein Freund meiner Mutter. Ich habe ihn gemocht.“ Eine einsame Träne rollte über ihre Wange. „Sie reden mit mir wie diese Carola von Stein. Immer hackt sie auf mir herum.“

Carola von Stein? Etwa die sechzigjährige Dame, die mir damals die Grippeimpfung so fest in den Oberarm gerammt hatte, dass er wie eine Kokosnuss angeschwollen war? „Die Ärztin am Horn?“

Greta nickte. „Seine Exfrau, eine durchgeknallte, eifersüchtige Furie. Sie und Wolfgang kannten sich über die Goethe-Gesellschaft. Seit er damit witzelte, mich an ihrer Stelle in sein Testament zu setzen, wurde sie zum Monster.“

Mord aus Gier? Frau Steins Praxis lag fast direkt am Tatort. Ich musste sie befragen, solange meine Kollegen noch mit der Spurensicherung beschäftigt waren.

Bei Frau von Steins Anblick schrie mein Oberarm um Hilfe. Ich bekämpfte den Phantomschmerz mit tiefen Atemzügen und zog meinen Dienstausweis.

Von Stein hob misstrauisch ihre linke Augenbraue. „Wie kann ich helfen?“

„Wo waren Sie in den letzten zwei Stunden?“, fragte ich, um Sachlichkeit bemüht.

„Frau Doktor war ...“

Frau von Stein wandte sich ihrer Sprechstundenhilfe zu. Wenn Blicke töten könnten, wäre das schmächtige, blonde Ding wohl schlagartig vom Stuhl gefallen. Demütig presste sie ihre blassen Lippen aufeinander und verstummte. Den Rest ihres verachtenden Blickes hob von Stein für mich auf. Sie würzte ihn mit einem Tonfall, der meine Nackenhaare erschaudern ließ. „Ein routinierter Ermittler hätte vor so einer dummen Frage vielleicht als Erstes einen Blick auf die Tafel mit meinen Sprechzeiten geworfen.“

Ich spürte, wie mein Oberarmmuskel in Panik erzitterte, versuchte mir aber nichts anmerken zu lassen.

„In war in meiner Praxis“, fuhr von Stein fort.

Diese Praxis war eindeutig kein Ort, an dem ich mich lange aufhalten wollte. Ich fasste meinen Bericht über den Mord an ihrem Ex-Mann Wolfgang Heim so kurz wie möglich.

Von Stein schien wenig überrascht. „Hat diese Greta es also endlich geschafft, die kleine Schlange. Und ihre Mutter. Dieses Gangsterduo, diese Erbschleicher.“

Ich sah, wie die Sprechstundenhilfe auf der Flucht vor einem Speicheltropfen hinter ihrem Tresen mit ihrem Stuhl nervös hin und her rollte.

„Können Sie das Alibi bestätigen?“, fragte ich sie.

Ängstlich starrte sie auf Frau von Stein und nickte.

So kam ich nicht weiter. Ich ging vor die Tür, um nachzudenken. Da bemerkte ich einen seltsam ausgedörrten Rosenbusch. Aus der Mülltonne daneben hing etwas Schwarzes heraus. Ein Umhang? Ich öffnete den Deckel, wühlte Müll, Geäst und alte Blumenerde beiseite und – Mist! Dornen. Meine Hand blutete. Egal. Vorsichtig zog ich den Umhang heraus. Blätter klebten am Stoff. Direkt darunter: eine Teufelsmaske. War von Stein also tatsächlich die Mörderin? Aber wie konnte sie in diesem Faschings-Aufzug unbemerkt aus dem Park entkommen? Was hatte ich übersehen?

Meine Hände brannten. Blumenerde verstopfte mir die frischen Wunden so sehr, dass sie kaum noch zu sehen waren. Ich brauchte etwas zum Desinfizieren.

Moment. Das war es! Der Dreck an den Händen verdeckte die Wunden! Dann der dürre Rosenbusch, die Blätter, das Goethe-Getue! In der Hoffnung, noch nicht zu spät zu sein, rannte ich zurück zum Tatort.

Ich hatte Glück. Barbara Bien hockte noch immer am Streifenwagen. Das Schicksal spielte mir in die Hände. Offensichtlich hatte sie sich inzwischen ein wenig beruhigt und von einem Sanitäter zumindest zu einem Glas Wasser überreden lassen.

Ich holte mein schauspielerisches Talent hervor und rempelte Frau Bien an. Es funktionierte. Wasser schwappte aus ihrem Becher, direkt über ihre Finger. Tatsächlich. Unter dem Dreck kamen blutige Schrammen zum Vorschein.

„Das sieht aber gar nicht gut aus", sagte ich.

Panisch verbarg Barbara ihre Hände.

„Haben Sie deshalb in der Erde gegraben? Um die Kratzer von Frau von Steins Rosenbusch zu verbergen?"

Sie erbleichte. „Wovon reden Sie?"

„Von den Kratzern, die Sie sich holten, als Sie die Blätter vom Rosenbusch rissen, um diese auf den Umhang zu streuen, bevor sie ihn in Frau von Steins Mülltonne warfen. Es sollte später so aussehen, als wäre Frau von Stein im Kostüm durch die Büsche geflüchtet. Dann erst haben Sie sich hier mit Herrn Heim getroffen, ihn erstochen und um Hilfe geschrien. War es nicht so? Deswegen hat auch niemand eine fliehende Teufelsgestalt gesehen. Alles war ihre blanke Erfindung. Ein gemeiner Plan, um den Mord Cornelia von Stein in die Schuhe zu schieben."

Barbaras Brustkorb bebte. „Dieser Perversling. Ein Opa - und macht sich an meine Tochter ran!"

„Und da inszenieren Sie ein schauriges Goethe-Drama, um das zweifelhafte Verhältnis zu beenden und ihrer Tochter obendrein vorzeitig zu einem saftigen Erbe zu verhelfen."

Barbara Bien warf ihren Kopf in den Nacken und brach in teuflisches Gelächter aus. „Dieser alte Dummkopf hat mir doch selbst noch ganz stolz erzählt, dass meine Greta erben wird."

Ich winkte Henning herbei. „Festnehmen!"

Die Vorhersehung

Akten-Nr.: 28
Tatort: Leichlingen
Es berichtet: Fred Krüger(Kriminalkommissar)

Freitag, der 13. Ein schweres Gewitter lag über Leichlingen. Aufflackernde Blitze und die flimmernde Neonröhre an der Decke verwandelten die spärlich eingerichtete Altbau-Wohnung der Toten in eine gespenstische Baracke. Der unterernährte Notarzt zuckte mit den Schultern. „Keine Spuren von Fremdeinwirkung, Herr Kommissar." Ein zischender Blitz, der das Gebäude umzüngelte, verlieh den Konturen seines knochigen Gesichtes einen Hauch von Dr. Frankenstein. „Seltsam", fügte er hinzu. „Ich habe Frau Dr. Fluch erst letzte Woche untersucht. Sie war kerngesund."

Er hätte ebenso „zäh wie Unkraut" sagen können. Wegen ihres Geizes und ihrer ruppigen Art war die pensionierte Ärztin stadtbekannt.

„Der Teufel hat sie umgebracht", tönte es aus der Ecke.

Mein Blick fiel auf eine kleine, gedrungene Gestalt im grauen Arbeitskittel: die Putzfrau. Mit zitternder Hand reichte sie mir das Foto, das sie auf der Leiche gefunden hatte.

„Gut möglich. Sie war sehr abergläubisch",

fügte der Notarzt hinzu, sprach der Putzfrau sein Beileid aus und ging.

Das Foto stammte noch von einer uralten Schwarz-Weiß-Kamera. Es zeigte Frau Dr. Fluch in annähernd derselben Position wie zum aktuellen Todeszeitpunkt. Nur schwebte über ihr ein Lichtfleck, der einem Kirchenkreuz ähnelte.

„Ein Entwicklungsfehler", mutmaßte ich. Das konnte schon einmal passieren, wenn man diese alte Technik verwendete.

„Teufelswerk", entgegnete die Putzfrau, umklammerte ihren mit einem Lappen bedeckten Putzeimer und bekreuzigte sich.

Ich drehte das Bild um. *Freitag, 13. Mai* stand auf der Rückseite des Fotos. Der verblassten Tinte nach zu urteilen das Aufnahmedatum. Und das Todesdatum zugleich. Ich hätte es mir nie anmerken lassen, aber selbst mir lief in diesem Augenblick ein Schauer über den Rücken. Eine Vorhersehung? Auch wenn alles danach aussah, ich glaubte eher, dass jemand mit dem Aberglauben von Ärztin und Putzfrau spielte. Und dieser Jemand musste Zugang zur Wohnung des Opfers gehabt haben.

Es blitzte. Begleitet von einem gewaltigen Donnergrollen stürmte ein junger Mann in die Wohnung. „Mama, nein!"

Mama? Wenn diese Aussage stimmte, hatte er nicht viel von dem Geiz seiner Mutter geerbt. Der durchtränkte Hugo-Boss-Anzug ließ einen stattlichen Wohlstandsbauch erkennen. Regen rann aus seinem dunklen Haar übers Gesicht und machte es unmöglich, zu urteilen, ob die tiefe Trauer in seiner Stimme echt oder nur gespielt war.

„Sie sind der Sohn?“, vergewisserte ich mich.

Er nickte. „Ich war zufällig an der Henley-Brücke. Da sah ich die Blaulichter der Polizei.“

Zufällig? Wenn ich eines in meiner Zeit als Kriminalkommissar gelernt hatte, dann dass es den *Zufall* nicht gab. Niemand wagte sich bei diesem Teufelswetter nach draußen, wenn er nicht einen triftigen Grund dafür hatte. Ich zeigte ihm das Foto.

Er wurde weiß wie ein Leichentuch. „Wo haben Sie das her?“

„Von Ihrer toten Mutter.“

„Das kann nicht sein. Weil das Bild sie ängstigte, habe ich es eigenhändig weggeworfen ...“

Die Putzfrau richtete ihren Kopf zur Decke. „Herr im Himmel.“ Er schickte einen höllischen Donner als Antwort.

Der Sohn raste ins Bad und übergab sich.

Ich sah mir das Foto genauer an. Mir fiel auf, dass Frau Dr. an einem großen Kissen lehnte. An derselben Stelle unter der Leiche fand ich jedoch lediglich drei Daunenfedern. Was war mit dem Kissen geschehen?

Ein Knarren ertönte. Auch am Schloss der Badezimmertür hatte der Geiz der Toten seine Spuren hinterlassen. Wie von Geisterhand öffnete sie sich. Mit dem Gesicht eines Untoten stand der Sohn am Waschbecken und wusch sich die Hände.

Wieder ein Blitz. Das Putzzeug neben ihm wirkte im grellen Licht wie ein Wesen aus dem Jenseits. Die Putzfrau schrie.

In mir klingelte es. „Es ist alles im Bad!“, rief ich.

„Bitte?“, stöhnte der Sohn.

„Wieso hat die Putzfrau Eimer und Lappen dabei, wenn Ihre Mutter alles zur Reinigung im Haus hat?“

Die Putzfrau erstarrte.

Ich stellte sie zur Rede. „Was ist unter dem Putzlappen?“

Sie ergriff die Flucht. Geistesgegenwärtig warf der Sohn das Stück Seife in seiner Hand auf den Boden, direkt unter ihre Füße. Die Putzfrau stürzte. Dutzende Geldbündel, Daunenfedern und ein alter Kissenbezug purzelten aus dem Eimer.

„Wusste ich es doch!“, jubelte ich. „Frau Dr. Fluch hat mit ihrem Geiz ein Vermögen gespart und alles in ihrem Kissen versteckt. Das haben Sie schon vor langer Zeit beim Putzen bemerkt, nicht wahr?“

Die Putzfrau schwieg. Wie vermutet entdeckte ich auf dem Kissenbezug einen mundgroßen Fleck. „Und mit demselben Kissen haben Sie sie erstickt.“

„Aber das Foto?“, stammelte der Sohn.

„Sagten Sie nicht, Sie haben es eigenhändig weggeworfen? Sie ist Putzfrau. Sie hat es bei ihren

Reinigungsarbeiten im Müll gefunden und daraufhin ihren teuflischen Plan geschmiedet: eine gespenstische Inszenierung."

Das Grollen des Donners mischte sich mit dem diabolischen Lachen der Putzfrau. Im Gefängnis würde es ihr noch vergehen.

Der eingeschlossene Tote

Akten-Nr.: 29
Tatort: Wiesbaden
Es berichtet: Stefan Hengst (Feuerwehrmann)

Bruno rollte das letzte Meter Schlauch in den Wagen. „Feierabend."

Ich war mir da nicht so sicher. Das Wetter sah eher nach Feuerabend aus. Die Blitze zuckten über Wiesbaden, dass mir schwindelig wurde. Doch das war nichts im Vergleich zu dem Unwetter, das mich daheim erwartete.

Bruno klopfte mir auf die Schulter. „Das wird schon. Du bist doch im besten Alter."

Seltsamerweise hatte meine Freundin mir das vor fünfzehn Jahren auch schon gesagt. Nur dass damals trotz Ausbildung, Party und Jobben für Fitness und Schlaf noch wesentlich mehr Raum gewesen war. Inzwischen sah sie das offensichtlich anders. Just in diesem Augenblick zeigte mir das Leben seinen Stinkefinger: Ein aufflackernder Blitz projizierte mein Spiegelbild in die Windschutzschreibe. Die Zeit war ein Arschloch, dachte ich. Wenn ich es wenigstens zu Geld gebracht hätte. Ein saftiges Bankkonto hätte Falten und graue Bartstoppeln wahrscheinlich attraktiver gemacht. Das Funkgerät knackte.

„Ihr müsst eine Tür öffnen. Selbstmordversuch

Wiesbaden-Sonnenberg."

Ein Selbstmordversuch in Wiesbaden-Sonnenberg? Okay, das war dann wohl der Beweis, dass Geld alleine auch nicht glücklich machte. Ich griff meinen Gurt. „Gib Gas, Bruno!" Wenn schon nicht meins, vielleicht konnten wir dann wenigstens das Leben eines anderen retten. Oh Mann, ich hatte keine Lust auf Millionärsleichen.

Nach zehn Minuten erreichten wir unser Ziel. Bei Sonnenlicht hätte die Villa wahrscheinlich jedem Disneyfilm die perfekte Kulisse geboten. Bei diesem Unwetter jedoch rechnete man eher mit dem Namen *Adams-Family* auf dem Klingelschild. Unaufhörlich peitschte der Sturm die Äste der angrenzenden Trauerweide gegen das Haus. Wie ausgehungerte Pranken krallte sich das nackte Holz ins Dach. Eine Polizistin rief mir „Vorsicht, hier fliegen überall Ziegel runter!" vom Hauseingang entgegen, noch ehe ich das Einsatzfahrzeug verlassen hatte. Zwischen Regenfäden und Lichtblitzen erahnte ich einen Notarzt neben ihr. Durch einen Sturzbach hindurch patschte ich in Richtung Haustür. Endlich sah ich die Kollegin der Polizei genauer.

„Zartl", stellte sie sich vor. Erstaunlich, dass die Stimme eines so zierlichen Körpers sich dermaßen gut gegen den heulenden Wind behaupten konnte. Eine kräftige Bö erfasste uns. Blitzartig presste Zartl ihre Polizeimütze in ihr blondes Haar. „Frau

Kollau hat uns informiert." Mit ihrer freien Hand deutete Zartl auf ein wimmerndes Häufchen Elend – gehüllt in einen Nerzmantel. „Herr Kollau hat sich eingeschlossen und ihr eine SMS geschrieben, dass er sich umbringen will." Eine weitere Bö zerrte an uns. Zartl stemmte sich mit aller Kraft dagegen. „Der Schlüssel steckt von innen. Die Fenster sind einbruchssicher. Wir kommen nicht rein."

Wie auf Bestellung stand Bruno hinter mir und reichte mir das Stemmeisen. Das nannte ich Teamwork. Ich setzte es an, gab ein kerniges „Urgh!" von mir und hebelte. Dann ein Krachen. Erledigt. Bruno schob sich an mir vorbei, grummelte „alter Poser" und öffnete die Tür.

Eine knöchelhohe Flutwelle hinderte mich an einem Kommentar. Erst jetzt begriff ich, dass das Wasser auf dem Gehweg aus dem Haus rann. „Oh Gott", schluchzte der Nerzmantel.

Unbeirrt steckte Zartl ihren Kopf durch den Türspalt. „Hier ist der Rettungsdienst. Wir kommen jetzt rein!"

Der Geruch im Haus gefiel mir nicht. Ich witterte den Tod.

„Um Himmels willen", schrie Frau Kollau. „Was stehen Sie so herum? Jetzt drehen Sie doch endlich den Haupthahn ab." Mit überraschender Wucht stieß sie mich beiseite und stürzte in die Küche.

Das Wasser rann die Treppen vom Obergeschoss herunter. Allen Vorahnungen zum Trotz hechteten wir die Stufen hinauf. Die Hoffnung auf ein Wunder war vergebens. Kollau lag mit offenen Pulsadern in der überlaufenden Badewanne, blass wie Moby Dick. Neben ihm schwamm ein Abschiedsbrief.

Zartl angelte ihn heraus und kämpfte mit der verschmierten Handschrift. „Selbstmord“, schlussfolgerte sie schließlich. Man schien mir meine Zweifel anzusehen. Wie zum Beweis reichte sie mir den Brief und fügte hinzu: „Wegen der Affäre seiner Frau mit einem Glatzkopf, so steht es jedenfalls hier.“

Ich wusste nicht, ob es die Angst vor dem nahenden Feierabend war oder blankes Imponiergehabe - schneller als ich denken konnte platzte ein „Ich glaube, es war Mord“ aus mir heraus.

Zartl stutzte. „Mord?“

Ich spürte Brunos Ellenbogen in meiner Seite. Und der Blick des Notarztes wirkte, als würde er über eine Zwangseinweisung nachdenken. Schweiß trat auf meine Stirn.

„Das hat doch keinen Sinn“, verteidigte ich mich. „Warum hat er seinen Abschiedsbrief nicht an einen sicheren Ort gelegt? Er wusste doch, dass er das Haus fluten wird. So kann man ihn kaum noch lesen.“

Zartl hob die linke Augenbraue. „Wahrscheinlich hat er nicht darüber nachgedacht.“

Ich stammelte wie ein kleines Kind. „Über so einen Selbstmord denkt man sehr genau nach.“

Bruno fiel die Kinnlade herunter. Er schien mir sofort anzumerken, dass ich aus eigener Erfahrung sprach. Aus dem Augenwinkel sah ich, wie Herr Doktor eine Beruhigungsspritze aufzog. Oh Mann, stand es wirklich schon so schlimm um mich?

„Aber das Haus war verschlossen. Von innen."

Verdammt. Zartl hatte recht. Ich kam mir vor wie ein Idiot. Andächtig nahm Zartl ihre Polizeimütze ab. „Sie hatten einen harten Tag, oder?"

Erdboden, bitte tu dich auf.

Zartl seufzte. „Seine Frau wird sich ewig Vorwürfe machen."

Ich stutzte. „Genau. Wo ist seine Frau?"

Der Notarzt blickte wie bestellt und nicht abgeholt. Logisch. Die Spritze war nicht für mich gedacht. Routiniert hatte er sie für Kollaus Frau vorbereitet. Was für eine absurde Situation. Hier oben lag Kollaus toter Mann, und sie verbrachte eine Ewigkeit damit, in der Küche den Haupthahn zuzudrehen? Ich hechtete die Treppe hinunter.

Überrascht fuhr Frau Kollau herum. „Was wollen Sie?"

„Ihr Mann ...", antwortete ich verunsichert.

Sie reagierte nicht.

Ich bemerkte den Schlüssel in der Tür hinter ihr, die von der Küche zur Terrasse führte. „Ihr Mann stirbt, und Sie wollen auf die Terrasse?"

Sie erbleichte. Was war hier los? Unentwegt schielte sie auf die Besenkammer. Eine böse Ahnung packte mich. Ich riss die Tür zur Kammer auf. Ein Glatzkopf glotzte mich an. Ihr Liebhaber?

„Sie waren die ganze Zeit im Haus. Sie wollte

Sie unbemerkt rauslassen, oder?“, kombinierte ich und sah seine Hand in Richtung Putzeimer und Wischlappen schleichen.

Wischlappen? Jetzt begriff ich. „Deswegen das Wasser im Haus! Um ihre Spuren zu verwischen und zu vertuschen, dass Sie den Abschiedsbrief gefälscht haben. Sie und Frau Kollau sind Komplizen!“

Meine Einsicht kam zu spät. Eh ich mich versah, zog der Glatzkopf unter dem Putzlappen eine Feueraxt hervor. Ein gewaltiger Donner krachte über das Haus, als er sie direkt über meinen Schädel in die Luft schwang. Augenblicklich kam mir meine Vorahnung mit der Adams-Family wieder in den Sinn. In absoluter Schockstarre kniff ich meine Augen zusammen und schloss mit dem Leben ab.

„Hände hoch“, hallte es von hinten. Jemand zog mich beiseite. Bruno. Zeitgleich rammte der Notarzt dem Nerzmantel eine Beruhigungsspritze in den Oberarm. Zartl legte dem Glatzkopf Handschellen an. Mit einem neckischen Grinsen im Gesicht zwinkerte sie mir zu. „Super Arbeit.“ Der leichte Reibeisenklang ihrer Stimme gefiel mir. Sehr sogar. „Lust auf einen. Feierabendkaffee?“

Ich nickte. Offenbar hatten meine grauen Bartstoppeln es doch noch drauf.

Bei Foto: Mord

Akten-Nr.: 30
Tatort: Norderstedt
Es berichtet: Dieter Amazonas (Buchhändler)

Minderjährige Monster rasten so dicht hinter mir durchs Herold-Center in Norderstedt, dass der Vorhang am Fotofix-Automaten leicht hin und her wehte. Kreischend und brüllend schmierten sie Sprühschnee an die Schaufensterscheiben. Wenn ich eines von denen später dabei bei mir am Buchladen erwischte, würde ich ihm gehörig die Ohren langziehen. Vom Backhus gegenüber nickte mir Jan mit finsterer Miene zu. Offensichtlich mochte er Halloween genauso wie ich. Dass die Person vor mir im Fotofix-Automaten immer noch nicht zu Potte kam, machte meine Laune nicht besser. Ich klopfte dezent an den Apparat. „Entschuldigen Sie, ich habe nur kurz Pause und ..."

„Juhu! Dieterchen!", hallte es von der anderen Seite herüber.

Ich drehte mich um. Die Backhus-Aushilfe winkte mir zu, während sie zu Jan an den Stehtisch stöckelte, um ihm das tägliche Schokofranzbrötchen zu bringen. Tja, so war das Leben. Der eine bekam Arme wie ein Michelin-Männchen von dem Zeug und unsereiner Rettungsringe am Hosenbund. Fairerweise musste man berücksichtigen, dass Jan wohl jeden Abend Hanteln stemmte, während ich mich mit Wallander-Krimis und Fotobänden begnügte. Apropos Fotos – ich wandte mich wieder dem Fotofix-Automaten zu. Die Person hinter dem Vorhang saß noch immer wie angewurzelt in der Maschine. Meine Laune erreichte ihren Tiefpunkt. „Hören Sie, Eitelkeit hin oder hier. Ich brauche dringend Bilder."

Keine Reaktion. Erst jetzt bemerkte ich den fertigen Fotostreifen im Ausgabefach. Offensichtlich hatte der letzte Kunde nur die Farbbilder genommen und die Schwarz-Weiß-Variante, welche ebenfalls immer mit angefertigt wurde, liegen gelassen. Ich nahm sie heraus. Die Fotos sahen aus wie Miniaturposter aus einem Horrorfilm. Eine Frau mit Panikblick. Eine Gestalt mit schwarzem Kapuzenumhang und Horrormaske hielt sie von hinten umklammert und presste ihr ein Rambomesser an die Kehle. „Das ist nicht komisch!" Ich riss den Vorhang beiseite.

Nein, das war kein Scherz. Die Frau in der Kabine war tot. Mich schwindelte. Ich stützte mich am Automaten ab und rief zu Jan: „Ein Mord! Ruf die Polizei."

Die Backhus-Aushilfe ließ vor Schreck die Tassen fallen und flitzte zum Telefon.

Eh ich mich versah, hetzte Jan auf einen schwarzen Kapuzenumhang vor dem Parkhausbüro zu. Der Kostümierte fuhr herum. Kein Zweifel: die Horrormaske.

„Vorsicht!", rief ich. „Der hat ein Messer!"

Geschrei. In Sekundenbruchteilen war das gesamte Backhus-Café unter den Tischen verschwunden. In Windeseile und mit professioneller Kampftechnik hatte Jan die Horrorfratze auf den Boden geworfen. Fotostreifen und Halloween-Flyer schlitterten über den Steinboden.

„Ich arbeite hier", wehrte sich der Maskierte.

Er arbeitete hier? Was für eine billige Ausrede! Allerdings ... Ich griff mir einen der Flyer: *Der gruseligste Fotofix-Bilderstreifen gewinnt ein Halloween-Menu im Brauhaus Alter Reporter.*

Ein Gewinnspiel? Womöglich hatte deswegen noch der Schwarz-Weiß-Streifen im Fotofix-Automaten gelegen. Das Opfer hatte nur den Farbstreifen zum Wettbewerb eingereicht. War etwa alles nur eine Verwechslung?

Ich dachte an meine Wallander-Krimis: Es gab immer zwei Wahrheiten. Die, welche scheinbar geschah, und die, welche sich tatsächlich zugetragen hatte. Ich sammelte die Fotostreifen ein, die der Maskierte zusammen mit den Flyern verloren hatte. Tatsächlich: Der Farbstreifen des Opfers war auch dabei. Aber irgendetwas auf den Bildern stimmte nicht. Ich verglich sie mit der Leiche. Der Vorhang! Er war orangefarben. Der hinter dem Opfer aber war grau. Der orangefarbene war zur Seite geschoben, weil die Kinder ihn ebenfalls mit Sprühschnee beschmiert hatten. Auf den Schwarz-Weiß-Bildern hätte man das nie bemerkt. Euphorisch wandte ich mich Jan zu: „Die Fotos zeigen gar nicht den Mord. Er muss später passiert sein!

Jemand will es dem Studenten hier nur in die Schuhe schieben!“

„So ein Quatsch“, konterte Jan.

Sein Blick löste einen beunruhigenden Gedanken in mir aus: „Moment mal“, stammelte ich in meiner Naivität. „Woher wusstest du eigentlich, dass du den Maskierten im Umhang jagen musstest? Ich hatte dir die Fotos gar nicht gezeigt.“

Jan grinste. Noch nie waren mir seine riesigen Zähne aufgefallen. „Machst du jetzt einen auf Sherlock Holmes?“

„Wallander“, japste ich.

Er baute sich bedrohlich vor mir auf. Gespenstische Stille erfüllte das sonst so rege Herold-Center. Ich war umgeben von Zeugen. Er würde doch nicht ... Ich nahm meinen ganzen Mut zusammen: „Du hast sie umgebracht, nicht wahr?“

„Diese dumme Gans. Kommt heute Morgen hierher und macht Schluss.“

„Da beobachtest du vom Backhus aus, wie sie die Gewinnspiel-Bilder macht und nutzt die Gunst der Stunde.“

Er zog das Rambomesser aus seiner Innentasche. „Ganz schön clever, was?“

„Nicht wirklich“, ertönte eine Stimme hinter ihm. „Polizei! Sie sind verhaftet.“

Wir laden Sie herzlich ein, auf unserer Webseite zu stöbern. Es lässt sich dort für jeden Geschmack etwas finden.

Besuchen Sie www.hml-media-edition.com
Wir machen gute Unterhaltung!

HML MEDIA
Literarische Agentur

FSC
www.fsc.org
MIX
Papier aus verantwortungsvollen Quellen
Paper from responsible sources
FSC® C105338